다영이의
이슬람 여행

다영이의 **이슬람** 여행

세계사에서 숨은그림 찾기

정다영 지음

창비

차 례

터키, 잊혀진 동방의 빛을 찾아서

이집트, 영원한 파라오의 왕국

여러분들은 냉면을 좋아하세요? 냉면의 꽃이라면, 아무래도 노른자가 유난히도 먹음직스러운 계란 반쪽이 아닐까요? 그래서인지 계란을 먼저 먹는 사람은 드물죠. 직접 냉면집에 가서 여론조사를 해본 건 아니지만 대부분의 사람들은 계란을 그릇 한쪽에 잘 모셔두었다가 맨 마지막에 입가심으로 먹을 거예요. 그러나 요리학(?)에서 계란은 식욕을 돋우는 것 이외에도 냉면의 식초 성분으로부터 위벽을 보호해주는 역할을 한다고 해요. 그러니 '위벽이'의 입장에서는 냉면을 먹은 후에 계란을 먹는 것은 뒷북 치는 행동일 수밖에 없죠.

여행…… 여행은 제게 아껴두고 싶은 계란 반쪽이었어요. '수능이 끝나고 대학에 합격하면 가야지' 하고 잘 모셔놓으려 했던 일이니 말이에요. 사실 수능은 대한민국 고등학생들의 인생목표처럼 되어 있잖아요. 그러나 식후의 계란이 그저 먹는 즐거움말고는 별 도움이 되지 못하듯이, 나중에 하는 여행이 몸과 마음은 더 편할지는 모르지만 정작 한때의 재미로 그치고 말리라는 생각도 하게 되었어요.

아빠가 방학 동안의 여행을 제안했을 때만 해도 저는 한가지 현실적인 고민이 있었어요. 아무리 방학중이라지만 학교 보충수업에서는 쭉쭉 진도가 나가고 있었고 나중에 그 공백을 혼자 어떻게 메울지 암담했거든요. 하지만 '불쌍한 고딩아 어찌할까' 하는 망설임 속에서도, 저는 벌써 짐을 꾸리고 있었어요. 더 큰 것을 배울 수 있을 것이라는 믿음, 그 하나로 질끈 눈을 감았죠. 세계 여러 나라들의 친구들을 만나 교실에서 배울 수 없는 것들을 배우고 싶었어요. 여행의 고단함과 낯선 세계의 신비함 등 그 모든 것을 느껴보고 싶었던 거예요.

우리 가족의 행선지는 '지중해'였습니다. 지중해라! 투명하게 푸른 바다와 하얀 뭉게구름이 그림처럼 펼쳐진 그곳 말인가! 한 폭의 그림 같은 그 멋진 풍경 속에 내가 들어가 있다는 상상만으로도 입가에는 미소가 번져올랐죠. 마음은 이미 지중해 바다 저 깊은 곳에서 헤엄치고 있었어요. 하지만 지중해 연안에는 이딸리아나 그리스 같은 유럽의 평화롭고 낭만적인 나라들만 있는 게 아니죠.

북아프리카의 이집트나 동방의 터키, 팔레스타인과 이스라엘,

요르단 같은 중동의 나라들도 그곳에 모여 있습니다. 얼마 전의 9·11 테러사건으로 인해 한바탕 들썩들썩하던 곳이죠. 이스라엘을 예외로 한다면, 국민 대다수가 이슬람교를 믿고 있는 나라들이기 때문에 비슷비슷하면서도 나름의 특성을 가지고 있는 곳입니다. 이런 나라들을 다니면서 그곳의 문화유적이나 자연경관 못지 않게 사람들의 생각과 삶의 모습들을 보려고 애썼답니다.

원래 여행의 목적은 세계사 교과서에 나오는 고대문명권에 대한 역사기행으로 그리스와 이집트의 문화유산들을 둘러보려는 것이었어요. 그런데 여행을 하다보니 한층 호기심을 가지게 된 이슬람지역을 빼놓을 수 없었죠. 물론 좀 긴장되기도 하고 무섭기도 했지만 막상 가보니까 제가 그동안 전혀 모르고 있었던 사실과 이슬람 쪽의 입장을 알게 되면서 새삼 흥미를 갖게 되고 오래 머무르며 더 둘러보게 되었던 것이죠.

저를 비롯한 우리나라 학생들은 세계사를 배우지만 이슬람의 역사에 관해서는 매우 취약하죠. 복잡하고 어려워서라기보다는, 시험에 잘 안 나오기 때문이라고 변명을 해도 될까요? 중간고사 기말고사에서는 주로 서양과 중국의 역사만 출제되거든요. 하지만 13억 이슬람인들의 발자취를 모르고 어떻게 국제화된 오늘날의 세계사를 말할 수 있을까요! 아무래도 그건 편식증에 걸린 지식일 수밖에 없겠죠? 그래서 여행과 세계사 공부를 연결짓고 싶었습니다.

여행을 위한 짐은 달랑 배낭 하나였어요. 그 속엔 학교에서 배우던 세계사 교과서 한권과 몇가지 여행자료, 옷 두어 벌, 그리고 노트북이 들어 있었죠. 여행의 목적과 성격을 보여주기에 이보다 빠르고 쉬운 설명이 있을까요. 여행에 앞서 각 나라의 역사와 현주소에 대한 사전답사를 했어요. 물론 혼자 힘으로는 벅찬 일이었죠. 아빠의 노력과 도움이 없었다면 포기했을지도 모를 일이었어요. 비행기를 타고, 배를 타고, 자동차를 타고 이동하는 중간중간 자료들에 코를 박았어요. 아는 만큼 보인다고 하지 않던가요!

하루의 일과가 끝나면 자기 전에 꼭 글을 남겨야 했죠. 아주 조금이라도 당일에 써놓지 않으면 다시 쓰기 힘들어지기 때문이었어요. 빨개진 눈을 부릅뜨고 노트북 앞에 앉아 허벅지를 꼬집어가면서 자판을 두드렸는데, 글을 쓴다는 것은 정말 쉬운 일이 아니었어요. 글재주가 부족할뿐더러 학교에서 배운 세계사 지식과 제 얕은 경험을 연결시키기에는 능력이 너무도 미흡했지요. 그 와중에 제게 힘이 된 것은 영어였어요. 현지인들과 떠듬떠듬 대화를 나누면서 너무나 많은 것을 느꼈거든요. 의사소통까지 안되었다면 아마도 노트북에 무엇무엇을 보았다 따위의 여정만 늘어놓았을 것이 뻔했겠죠. 평소에 영어공부만큼은 열심히 해두었는데 보람이 있군요.

하지만 아무래도 제 글에는 아쉬운 점들이 많을 거예요. 이슬람 나라들을 돌아다녔지만 이슬람 문화와 역사에 대한 체계적이고 심도있는 접근보다는 감성적이거나 때로는 감정적인 것에 치우치기도 한 것 같아요. 하지만 걱정 없어요. 여러분께서 한 여고생의 소박한 여행기록으로 읽어주시면 더 바랄 게 없으니까요.

자, 이제 다영이와 함께 배낭여행에 나설까요? 준비되셨나요?

*

이 책이 세상에 나온 지 어느덧 1년이 지났습니다. 수험생이었던 지난 한 해, 중동에도 많은 변화가 있었지요. 최근에 변화한 상황에 대해서는 관련 대목을 조금 수정했습니다. 그러나 인류가 기대하는 긍정적인 쪽으로 변화하는 것 같지 않아 마음은 여전히 무겁습니다. 힘과 자본과 권력이 평화와 화해와 상생의 길을 자꾸 좁히고 있기 때문이지요.

저는 이제 대학의 문턱을 막 밟았습니다. 여고생의 눈에서 한 발짝 나아가 더 넓고 깊게 세상을 봐야겠지요. 부지런히 공부하고 고민하면서 조그마한 희망의 싹을 틔우기 위해 노력할 생각입니다. 평화와 인류와 세상에 대한 작은 희망 말이죠. 정치는 현실이지만, 우리는 이상을 꿈꾸어야 하지 않을까요. 중동뿐 아니라 세계에 진정한 평화가 깃들 날을 기대하며 덧붙임말을 줄입니다.

팔레스타인
피에
물든
잿빛
손수건

루마니아
유고슬라비아
불가리아
마케도니아
알바
니아
그리스
아테네
이스탄불
트로이
흑 해
앙카라
터키
시리아
키프로스
레바논
다마스쿠스
지 중 해
예루살렘
암만
이스
라엘
요르단
알렉산드리아
카이로
기자
이집트
룩소르
홍 해
레바논
시
리
아
지 중 해
웨스트뱅크
텔아비브
예리코
예루살렘
헤브론
사
해
가자지구
이스라엘
이집트
요르단

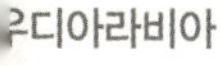

팔레스타인 지역의 대부분은
현재 이스라엘의 영토입니다.
지중해 연안 가자지구와 요르단강 서안
웨스트뱅크에 **팔레스타인** 자치구가 있어요.
이스라엘과의 분쟁으로 전운이 감도는 삭막하고
쓸쓸한 곳이에요. 이스라엘 군대가 곳곳에
주둔하는 도시는 황량하기 그지없습니다.
시장에는 물건들만이 싸늘하게 누워 손님을
기다리고 있군요. 그러나 이 고요한 자치구를
일어나게 할 힘이 팔레스타인 사람들의
가슴과 눈에서 불타오르고 있습니다.

분쟁의 현장을 가다

2001년 9월 11일의 뉴욕과 워싱턴 테러사건은 저에게도 큰 충격이었습니다. 이 끔찍한 사건이 왜 일어났으며, 테러의 배후로 지목된 이슬람세계는 도대체 어떤 곳인가 하는 의문을 지울 수 없었죠. 게다가 팔레스타인 지역에서는 연일 유혈충돌이 벌어지고, 아무 죄도 없는 수많은 사람들이 죽어나가고⋯⋯

도대체 팔레스타인 사람들은 왜 이스라엘과 미국을 향해 폭탄을 들고 뛰어드는 걸까요. 단 몇 줄뿐인 교과서의 내용으로는 도무지 복잡한 내막을 알 수 없었습니다. 결국 저는 그런 의문을 안고 진실을 찾아 아득하게만 느껴지던 역사의 현장, 팔레스타인에 왔습니다.

팔레스타인의 첫인상은 적막함과 쓸쓸함, 그 자체였습니다. 유난히 흐린 날씨, 까만 구름이 뒤덮인 하늘에서는 굵은 빗줄기가 떨어집니다. 거리의 적막한 모습과 굳게 내려진 가게의 셔터가 더욱 쓸쓸해 보이는군요. 팔레스타인은 그렇게 '회색빛 눈물' 같은 모습으로 제게 인사합니다.

팔레스타인의 회색빛 눈물을 만들어낸 이스라엘은 그러면 어떤 색의 나라일까요. 제가 느끼고 본 이스라엘은 혼자서 튀는 '형광색'의 나라라고나 할까요. 이스라엘은 팔레스타인뿐만 아니라 중동의 아랍국가들 사이에서도 왕따를 당하거든요. 이 나라들간의 적대적 대립은 국경을 넘기 전에 벌써 제게 실감으로 다가왔습니다.

여행자의 여권에 이스라엘에 입국한 사실이 나타나기만 해도 시리아, 레바논, 이란 등은 입국을 거부한다는 사실을 알고는 놀라지 않을 수 없었지요. 다행히도 우리가 묵은 유스호스텔의 여행객들로부터 귀중한 정보를 하나 얻었습니다. 요르단과 이스라엘의 한 국경인 알렌비에서는 여행자가 원하면 여권이 아닌 다른 종이에 스탬프를 찍어준다는 것이었지요. 그럼 이스라엘에 입국하고도 여권에 그 사실이 기재되지 않으니 시리아, 레바논 등을 갈 수 있는 것입니다.

우리는 선택의 여지 없이 그곳 알렌비 국경으로 갔습니다. 그러곤 "여권에 도장 찍지 말아주세요!" 하고 외쳤지요. 요르단과 이스라엘 국경 관리들은 약속이나 한 듯, "걱정 마시오!"라고 화답했어요. 이렇게 해서 우리는 해발 마이너스 400미터의 사해

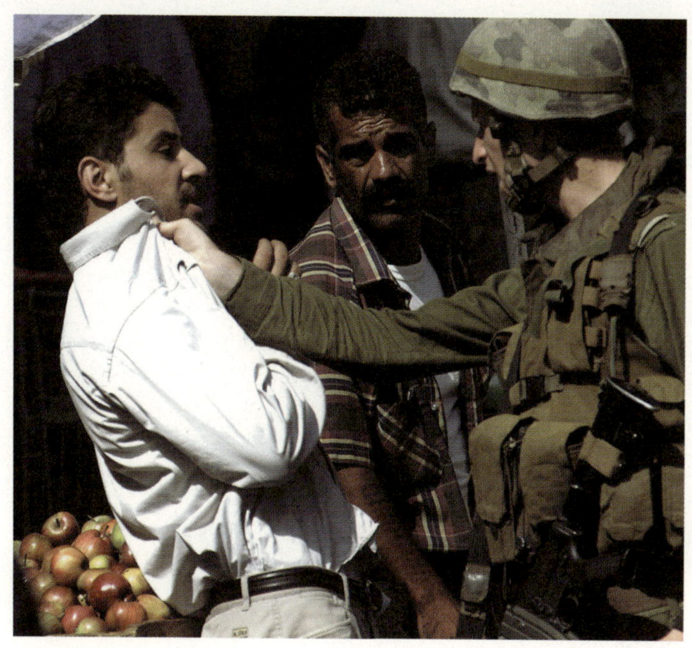

(Dead Sea)와 요르단강을 건너, 알렌비 국경을 통해 이스라엘 땅을 밟았습니다.

예리코의 싸늘한 겨울밤

그런데 알렌비 국경에서 예루살렘으로 가는 버스는 없다는 겁니다. 엄청나게 좋은 벤츠 택시만 있는데, 택시비는 우리 돈으로 5만원 정도! 저쪽에 버스가 보이기에 가보니, 예루살렘엔 안 가고 예리코로 가는 것이라는군요. 그러면서 사람들은 예리코는 '웨스트뱅크'라고 하며, 거기엔 왜 가려느냐는 표정이었습니다.

웨스트뱅크? 도대체 그게 뭐지? 서쪽 은행인가? 우리는 별다른 생각 없이 단지 택시비를 아끼기 위해 예리코로 해서 예루살렘에 들어가면 되리라 생각하고 예리코행 버스를 탔습니다.

버스에는 히자브(아랍 여성들이 쓰는 머릿수건)를 쓴 여자들과 붉은 점무늬 터번을 두른 아랍 사람들이 대부분이었습니다. 한참을 가더니 마을에 닿았는데, 글쎄, 거기서 다시 여권을 검사하고 철조망이 쳐진 곳으로 버스가 들어가는 것이 아닙니까! 마치 무슨 포로수용소로 들어가는 기분이었습니다.

세상에나 ─ 럴수 럴수 이럴 수가! 웨스트뱅크란 다름아닌 요르단강 서안의 팔레스타인 자치구를 뜻하는 것이었고, 이스라엘 사람들은 예루살렘에 간다던 우리가 웨스트뱅크의 예리코행 버스를 타니까 이상하게 생각했던 것입니다. 역시 무식하면 용감해지는군요.

더욱이 바로 오늘 아침, 팔레스타인 자치구의 하나인 가자지구에서 이스라엘군 넷과 팔레스타인 사람 둘이 죽는 총격전이 있었거든요. 어떤 관광객이 탐험가 수준을 넘어선 목숨을 건 여행을 하려고 하겠습니까. 그들이 우리를 말렸던 것도 당연하지요. 그걸 알 리가 없는 저는 이들이 택시를 타게 하려고 수작을 꾸민다고 의심부터 했던 거구요.

이렇게 해서 온 곳이 바로 세계에서 가장 오래된 도시의 하나인 예리코입니다. 모세의 후계자 여호수아가 요르단강을 건너 가나안으로 들어가는 길에 첫 공격을 시도하여 빼앗은 성이 바로 이 예리코성이죠. 기독교 성지쯤으로 알고 있던, 그래서 당연히

이스라엘 땅이라고 생각했던 이 도시
의 초입에는 이스라엘과 미국을 향해
총을 겨누고 있는 사람의 나무동상이
서 있습니다.

　팔레스타인과 이스라엘은 이렇게
한 지역 내에 있으면서 금 하나 그어놓
고 살아가는 위태롭기 짝이 없는 긴장
상태를 유지하고 있습니다. 위험한 곳
임을 직감했지만, 저도 모를 호기심이
발동했죠. 겁이 났지만 우리는 이곳에
서 하루를 머물기로 하고 호텔을 찾았
습니다.

　커다란 규모의 건물에 어울리지 않

가자지구 경찰서 외벽에 그
려진 아라파트 수반의 대형
초상화. 사진 로이터통신

게 다 쓰러져가는 작은 간판만이 이곳이 호텔이란 것을 알려줍니
다. 삐걱이는 문을 열고 쭈볏쭈볏 들어서니 넓은 건물에 먼지 가
득한 카펫과 덩그러니 놓인 소파가 쓸쓸해 보이는군요.

　말이 호텔이지 썰렁하고 허술하기 짝이 없는데다 난민촌과 다
를 바 없는 곳이었습니다. 이 위험한 곳에 여행객이 있을 리 없겠
죠. 차도르를 입은 뚱뚱한 아랍 여주인이 무심한 얼굴로 나와 열
쇠를 건네준 후 다시 들어가버립니다.

　로비 쪽을 살피던 아빠가 부르시는군요. 주인 방에 사진이 하
나 붙어 있는데, 사진 속의 인물이 누구인지 아느냐고 묻습니다.
글쎄 잘생기지도 않았고…… 젊지도 않은 것으로 보아…… 아하,

텔레비전에서 더러 보던 얼굴이군요. 바로 팔레스타인 자치구 수반 아라파트 말이죠. 아라파트의 초상화는 그후 여기저기에서 많이 마주치게 되었답니다.

하여간 이 숙소는 장기간 폐쇄되었다가 최근에 다시 연 값싼 여관인데, 방문을 열고 우리 가족은 잠시 할말을 잃고 말았습니다. 바닥에는 물이 차오르고…… 창문으로는 바람이 솔솔 들어오고…… 침대만 덩그라니 놓여 있는 휑한 방. 난방시설이나 뜨거운 물은 너무 사치스러운 기대였지요. 오 하느님, 저는 정말 울고 싶은 심정이었답니다. 어쨌든 저는 그곳에서 온갖 옷을 다 껴입고 하루를 보내는 데 성공했습니다! 냉동인간이 될 뻔하긴 했지만요.

팔레스타인 사람들의 항변

꽁꽁 얼어 동태가 될 뻔했으면서도 예루살렘으로 올라가지 않고 예리코에 묵은 것에 대한 보답이었을까요. 저는 예리코에서 팔레스타인 아저씨 한 분을 만나 오랜 시간 대화를 나눌 수 있었습니다. 단독 특종 인터뷰였죠!

비가 추적추적 내리는 을씨년스러운 밤, 적막하고 초라한 호텔 로비에서 만난 그가 내게 던진 첫 질문은, "너희 집을 누군가에게 강제로 빼앗기고 그 삶의 터전에서 쫓겨난다면 너는 어떻게 하겠는가?"였습니다.

영어가 유창한 그 아저씨의 이름은 에브라힘. 나이는 31세. 키

185센티미터 정도. 팔레스타인군 중위 출신으로
이스라엘에 포로로 4년간 잡혀 있었으며, 지금
은 중학교 역사·지리 교사입니다. 그의 아내와
자식은 요르단에 있는데, 요르단에 갈 수 없는
것은 물론 예리코 지역을 벗어날 자유도 없는
신세입니다.

"그럼…… 경찰서나 법원으로 가겠지요."

지금 생각하면 황당한 대답이지만, 그래도 그
때 정말 신중하게 생각해서 한 말입니다. 나의
대답을 듣고 아저씨는 쓸쓸하게 웃었습니다. 비
웃음도 아니고, 정말 웃겨서 웃는 것도 아닌 그

예리코에서 만난 팔레스타인 아저씨 에브라힘과 함께

런 웃음 말입니다. 그의 웃음은 역설적으로 슬픔과 분노와 그 모
든 감정의 표출임을 나는 한눈에 알 수 있었죠. 그러나 그 의미를
다 이해하기에는 제 지식과 생각, 경험이 모두 부족했습니다.

미국에 대한 뼈저린 분노

"미국에 대해 어떻게 생각하세요?"라고 조심스레 묻고
선, 그의 대답을 기다렸습니다. 장황하게 설명할 것이란 나의 예
상을 깨고 단 한마디로 그가 자기 감정을 드러냅니다.

"Fuck! America!"

으헉~ 이렇게 험한 말을! 요즘 우리나라에서도 반미감정이 심
해져서 '퍼킹 유에스에이'라는 노래가 인터넷에 돌고 있기는 합

니다만. 그의 한마디는 그 어떤 것보다 강력한 응징과 원한의 목
소리였습니다. 에브라힘과 저의 논쟁(?)은 계속되었지요.

“미국은 망할 수밖에 없다. 그들은 자기 친구가 어려움에 처해
도 돕지 않는 자들이다. 뿐만 아니라 미국은 강도도 많아 마음놓
고 거리를 다닐 수도 없지 않은가!”

“미국 모든 곳이 그런 것은 아니에요. 밤엔 물론 위험하지만,
거리를 다닐 수 없는 정도는 아니고 모든 미국 사람들이 이기적
이고 나쁜 건 아니에요.” 중학교 때 미국에서 약 두 달간 홈스테
이를 한 경험을 떠올리며 제가 이의를 제기했어요.

그러자 아저씨는 안 그래도 큰 눈을 더 크게 뜨고는, “초강대국
미국은 그 힘으로 이스라엘 뒤에서 우리를 이렇게 만들었지. 유
대인은 우리가 살던 땅과 집을 빼앗았어. 나는 지금 가족과 일년
이 넘도록 만나지도 못하고 있다. 팔레스타인 문제의 모든 원인
은 미국이다!”라고 단호하게 말했어요.

에브라힘의 증오에 찬 눈빛을 보며 질리지 않을 수 없었어요.
저는 할말을 잃고 말았지요. 그와의 대화에서 이들의 비극을 어
렴풋이나마 알 수 있을 것 같았어요. 에브라힘뿐만 아니라 팔레
스타인 사람들은 이 지역을 벗어나지 못합니다. 자동차도 예루살
렘 등 이스라엘 지역엔 못 들어가게 되어 있다고 합니다.

미국 대통령 클린턴의 중재로 이스라엘과 팔레스타인이 평화
조약을 맺어 서로 평화롭게 산다는 세계사 교과서의 얘기는 적어
도 지금은 전혀 사실이 아니었습니다. 이제 세계사 교과서는 새
로 써져야겠죠. 제 후배들이 배울 교과서의 내용이 어떻게 달라

질지 궁금합니다.

전쟁을 원하시나요

어느덧 에브라힘의 일방적인 말에 대한 저항감이 점점 사라지고 있었습니다. 나는 조심스럽게 이렇게 물어봤죠. "그럼, 한국에 대한 감정도 별로 안 좋으시겠네요." 기다렸다는 듯, 그는 "경제적으로 그렇게 잘사는 한국이 왜 미군을 주둔시키는가?"라고 되물었습니다.

'세상에…… 왜냐고? 그럼, 이스라엘이 땅과 집을 달라고 했을 때, 당신은 주고 싶어 내어주었는가?' 마음속에서는 이렇게 말하고 있었지만, 팔레스타인 사람들의 절박한 상황을 모르는 바 아니요, 공연히 감정을 상하게 하고 싶지 않아 하늘을 보며 이렇게 대답했습니다. "그거야, 정치적으로 경제적으로 보호받고, 굳이 평화를 깰 이유가 없잖아요. 한국은 작은 나라예요. 미국은 슈퍼파워죠." "보호? 한국이 왜 미국의 보호를 받아야 하는데? 한국은 미국보다 경쟁력이 있지 않은가?"

한국이 미국보다 경쟁력이 있다고? 도대체 무슨 근거로 그렇게 생각하는지 알 수가 없었으나, 어쨌든 우리나라를 그렇게 평가하는 데 놀라지 않을 수 없었습니다. 아마도 중동지역에는 한국의 자동차, 가전제품이 일본제품만큼이나 많아서 한국이 일본과 같은 경제력을 지닌 나라라고 생각하는가 봅니다.

"원한과 복수는 반복되잖아요. 그런데도 전쟁을 원하시나요?"

다시 조심스럽게 묻자 아저씨는 이렇게 말하더군요. "복잡하게
돌려 말하지 말고 대답해보아라. 만약 너의 가족을 죽인 이스라
엘군이 지금 네 앞을 지나간다면 너는 그를 쏘겠느냐, 안 쏘겠느
냐? 나는 나의 가족이 이스라엘인들에게 죽임을 당하는 것을 보
았고, 싸울 수밖에 없는 것이다. 이스라엘의 학교에서는 사격시
간에 팔레스타인인을 그려놓고 쏜다. 전쟁을 원하는 것은 그들이
아닌가."

이스라엘 학교의 수업시간에 벌어진다는 일이 사실인지 아닌
지를 확인할 도리는 없었죠. 하지만 무차별적인 증오와 파괴가
횡행하는 것은 틀림없습니다. 이스라엘군은 팔레스타인의 대통

령 격인 아라파트 수반의 관저마저 폭격으로 쑥대밭을 만들어놓
았으니까요.

"그렇지만 보복은 보복을 낳잖아요. 물론 사람을 죽여 원수를
갚을 수는 있지만, 그것은 최선의 방법일 수 없어요." 제가 대답
하자 그는 고개를 가로저었습니다. 하지만 그 눈빛은 '네가 직접
그 상황에 부딪혀봐라, 그럴 수 있는가' 하고 말하는 것 같았습니
다. 저는 할말을 잃고 말았죠. 그는 언제든지, 전쟁을 한다면 싸우
러 갈 준비가 되어 있는 평범한 팔레스타인 사람이었습니다.

최근에는 이라크가 이런 상황이죠. 이라크 민간군의 연이은 폭
탄테러로 미국은 물론 파병을 약속한 우리나라도 곤란해하고 있
습니다. 이런 상황을 두고 '이라크인은 후쎄인 독재를 무너뜨려
준 미국의 은혜를 모른다'고 말할 수 있을까요? 국가와 국가의 관
계는 자국의 이익에 따라 움직입니다. 미국이 이라크의 민주화를
위해서 또는 세계평화를 위해서 이라크를 공격한 게 아니라는 것
쯤은 우리도 알고 있지요.

이라크 침공의 목적에 대한 학자들의 분석은 다양합니다만,
'자원전쟁'으로 설명할 수 있겠군요. 미국은 이라크의 석유개발
권을 유럽이 쥐고 있는 게 마음에 안 들었던 것이죠. 미국이 이라
크 침공에 대한 지지를 국제사회에 호소했을 때, 독일을 비롯한
유럽 국가들이 반대했었죠? 이것도 이라크에 대한 자신의 이익
을 지키기 위함이었음을 알 수 있지요. 파병을 놓고 의견이 분분
한 우리나라 역시 '국익'을 따지고 있고요.

물론 정치는 현실이지요. 그러나 실리만으로 나라의 운영과 지

구공동체를 말하기에는 마음 한구석이 씁쓸해지는군요.

착한 사마리아인

지금 제가 있는 곳이 성서에 등장하는 예리코입니다. 성서에는 착한 사마리아인 얘기가 나옵니다. 어떤 사람이 예리코로 가는 고개에서 강도를 당해 거의 죽게 된 채 거리에 쓰러져 있었습니다. 그런데 이러쿵저러쿵 이유를 대며 아무도 강도당한 사람을 돌보지 않고 지나갑니다. 이방인이라며 무시당하던 사마리아인만이 강도당한 사람을 숙소까지 옮기고 돌봐줍니다.

예수는 이 비유를 통해 누가 의인인가를 가르치고 있는데, 저는 팔레스타인이 바로 예리코성으로 가던 중 강도당한 사람 같다는 생각이 들었습니다. 그런데 모두 강도당한 사람을 보고도 그냥 지나가질 않습니까. 아니, 미국 같은 나라는 오히려 강도당한 사람을 더 화나게 하고 있질 않습니까.

귀국한 후, 저는 아침마다 옆구리에 끼고 간 신문을 학교에 가자마자 읽습니다. 국제면은 항상 이스라엘과 팔레스타인의 이야기로 숨가쁘게 돌아가지요. 이제 조금은 에브라힘 아저씨를 이해할 수 있을 것도 같습니다.

아저씨를 이해하게 된 데에는 그후에 이어진 몇사람들과의 만남이 중요한 역할을 했죠. 자, 이야기는 계속됩니다.

02

팔레스타인에서 만난 미국인

여행은 참으로 신비롭고 귀한 인연을 엮어내나 봅니다. 우연히도, 정말 우연히도 저는 에브라힘이 그토록 증오하는 미국인, 그러나 전혀 다른 모습의 미국인을 바로 이곳에서 만났습니다.

예리코에서 버스를 타고 가다가 예루살렘의 구시가지 다메섹 게이트에 내려 유스호스텔에 짐을 풀었죠. 8인용 객실에 손님은 우리와 미국인 둘뿐이었습니다. 9·11테러사건 이후 이스라엘에는 관광객이 뚝 끊겨버린 것이죠. 서양인들 중에서도 가장 위험한 미국인이 이곳에 있다니…… 그러나 그보다도 나는 공연히 부아가 나서 왜 미국은 아프가니스탄을 공격하며, 팔레스타인 같은 약자를 괴롭히느냐고 따지듯 물었습니다.

손녀와 할머니 사이인 줄 알았으나, 같은 팀의 멤버인 미국인 데보라 언니와 다이앤 할머니는 차근차근 자신들이 왜 이곳에 와 있으며 무슨 일을 하고 있는지 설명해주었습니다. 무엇보다 그들이 강조한 말은, "모든 미국인이 전쟁을 원한다고 생각지는 말아야 한다"는 것이었습니다. 그리고 낮지만, 분명하게 말했습니다. "우리는 평화를 사랑합니다!"라고.

다이앤은 CPT(Christian Peacemaker Teams, 평화를 만드는 크리스천)라는 NGO의 회원으로 팔레스타인 지구에서 6년 동안 살면서 난민을 돕고 있다고 했습니다. 저는 팔레스타인을 돕는 미국인 단체가 있다는 사실이 흥미로웠습니다. "어떤 나라도, 심지어 다른 중동국가도 팔레스타인을 돕지 않는다. 우리는 우리 스스로 지킬 것이다"라고 말하던 에브라힘 아저씨의 목소리가 아직도 선명하게 들리는 듯한데……

정부가 하지 못하는 일을 시민단체가 하고 있다는 것이 얼마나 놀라운가요. 정말 존경스러운 분들입니다. 저도 학교에서 배우고 여행을 통해 경험한 모든 것을 밑거름으로 국제사회에 조그마한 기여라도 하는 사람이 되어야지 하는 바람을 가져보았습니다.

어쨌거나 놀라운 것은, 다이앤과 데보라, 두 분을 통해서 알게 된 팔레스타인 사람들의 생활모습과 팔레스타인과 이스라엘의 실제 관계였습니다.

헤브론 난민촌에서의 하루

이 두 분은 아침 일찍 일어나 짐을 가지고 조용히 나갔던 모양인데, 우리가 느지막이 일어나 로비에 나가보니, 다시 돌아와 있는 게 아닙니까. 헤브론으로 함께 가기로 한 팀을 놓치는 바람에 다시 숙소로 돌아왔다는 것입니다. 다이앤 할머니는 우릴 보고 오늘 무엇을 할 거냐고 물었습니다. 무슨 특별한 계획이 있는 것은 아니고 천천히 예루살렘을 둘러볼 것이라고 했죠. 그러자 팔레스타인 가정을 한번 보지 않겠느냐고 제의했습니다.

팔레스타인 가정이라! 이것도 특종감이지요! 우리는 흔쾌히 할머니를 따라나섰습니다. 한국의 평범한 고등학생이 팔레스타인 가정을 직접 방문하게 될 줄은 또 누가 알았겠습니까!

다메섹 게이트에서 차를 타고, 이스라엘 초소의 검문을 피해

이스라엘군 초소로 쓰이고 있는 자신들의 집 앞에 앉아 있는 팔레스타인 여성과 아이. 사진 로이터통신

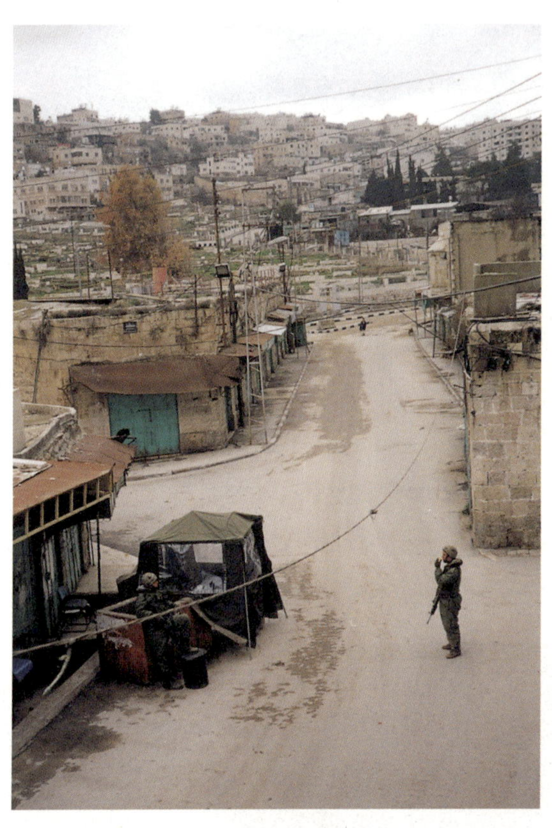

뒷길로 차를 달려 귀에 익숙한 베들레헴을 지나 아브라함의 땅, 헤브론에 도착했습니다. 베들레헴은 아기 예수가 태어난 곳으로 세계 기독교인의 순례지임은 천하가 다 압니다. 그 아래 도시 헤브론은 아브라함의 고향이며 무덤도 이곳에 있다고 합니다.

기원전 3천년경 아브라함이 메소포타미아의 우르(지금의 이라크 남부) 지역에서 젖과 꿀이 흐르는 땅을 찾아 떠나 정착한 곳이 바로 헤브론이죠. 그런데 이 유서깊은 기독교 성지들이 바로 팔레스타인 자치구라니, 여행에서 새삼 알게 되는 사실이 한두 가지가 아니군요.

아브라함의 땅 헤브론은 유대인들이 사는 예루살렘의 신도시와는 확연히 구별됩니다. 거리는 스산하다 못해 적막한 기운이 감돕니다. 곳곳에 파손된 도로와 차량의 진입을 막는 거대한 바위들. 그리고 전시(戰時)를 방불케 하는 무장한 이스라엘 군인들과 곧 쓰러질 것만 같은 초라한 집들. 활기차야 할 시가지는 온통 고요함과 적막함으로 가득합니다.

　조용한 시가지에서 군인을 제외하고 눈에 띄는 사람이라곤 팔
레스타인 아이들이 전부. 하지만 낯선 외국인이 신기한지 자꾸만
따라오는 팔레스타인 아이들의 눈빛에서 느껴지는 왠지 모를 두
려움과 불안 때문일까요. 이상하게도 그들의 시선은 나로 하여금
선뜻 그들과 가까이할 수 없는 선을 먼저 그어버리게 하고 맙니다.
　저 멀리 총부리를 겨누고 있는 이스라엘 군인의 모습이 시야에
들어옵니다. 어쩌면 거기서 뿜어져나올 그 총소리가 이 스산한
도시의 유일한 소리일 것만 같아 발걸음이 무거웠습니다. 거리를
걷고 있는 순간 순간, 내 머릿속은 빠른 속도로 헤브론 시내 전경
을 찍고 있었습니다. 이곳이 이스라엘 지배령 팔레스타인 지구,
헤브론. 헤브론은 내 머릿속에 그렇게 기억의 필름을 그려넣고
있었습니다. 금방이라도 터져버릴 것 같은 분노를 안고 있는 소
름이 돋도록 고요한 헤브론 말이죠.

피난굴 같은 아터 아저씨네 집에서

　낯선 곳을 방문한다는 것은 두려움만큼의 기대감을 동
반하게 마련입니다. 우리는 먼저, 다이앤 할머니가 6년간 일한
CPT 사무실에서 차를 마시며 그곳 상황에 대한 설명을 들었습
니다. 한참 지나자 팔레스타인 난민 아터 아저씨가 왔습니다.
　까만 가죽재킷에 까만 털모자. 마른 체구의 아터 아저씨는 얼
굴에서부터 삶의 고단함이 묻어났습니다. 우리 일행이 마치 외신
기자라도 되는 것처럼 그의 하소연은 시작되었습니다. 이스라엘

군대가 짓밟아버린 그의 농장과 집, 그의 행복을 되찾고픈 안타까운 소망이 그의 주름진 얼굴에서 피어납니다. 차가 식어갈 무렵, 아저씨는 "마땅히 묵을 곳이 없을 테니 우리 집으로 가자"며 우리를 재촉했습니다. 이렇게 우리는 이 아저씨 집에 하루를 묵게 되었습니다.

집으로 들어서자 식구들이 황송하리만큼 반깁니다. 먹고 살기 힘들다는 것을 뻔히 아는 처지에 묵어가겠다고 냉큼 들어오는 이 방인 손님이 내키지 않을 법도 한데 그런 내색은 하나 없고 환영해주니 염치없을 수밖에요. 우리가 간 곳은 그의 형 집이었는데, 그의 형과 누나, 형수와 아이들, 부모님, 이렇게 열 식구가 작은 집에 살고 있었습니다.

손님이 왔다고 혹여나 추울까 해서, 있는 담요 없는 담요 다 꺼내 깔아주는 따뜻한 마음에 가슴 한구석이 뭉클해져왔습니다. 그 따뜻한 마음에 추위에 얼어붙었던 손발이 다 녹는 것만 같았죠.

이스라엘 정부에 의해서 오랫동안 가꾸어오던 땅은 물론이요, 집까지 두 차례 헐려버렸다는 이들. 밤마다 울리는 총성으로 잠을 이루기 어려울 때가 많다는 이들. 이스라엘 사람들이 던진 돌에 깨진 유리 파편이 박혀 아이가 눈수술까지 했다는 이들. 학교에 가려면 적어도 4킬로미터 정도를 걸어야만 한다는 이들……바로 이들이 아터 아저씨네 식구들입니다.

그동안의 아픔을 털어놓듯, 그들이 들려주는 이야기를 듣는 내내 가슴이 아팠습니다. 우리나라가 일제 식민지배하에 있을 때의 모습이 이러했을까. 팔레스타인 자치구 곳곳에 서 있는 이스라엘

군인들을 보는 순간, 역사 교과서의 사진에서 봤던 일본인 순사
가 떠오르더군요.

이런저런 생각을 하며 착잡한 마음으로 집안을 두리번거리니,
아터 아저씨가 옛날 사진들을 꺼내 보여주며, 잠시나마 행복했던
한때의 이야기를 들려줍니다. 옛날 집 전경을 담은 사진과 그의
가족사진을 보았습니다. 그 넓디넓은 가족농장 사진도 함께요.
이스라엘 정부에 의해서 모두 파괴되어버렸다는 그곳에 실제로
가서 보니, 예전에 밭이었던 곳이라곤 상상이 안될 정도로 폐허
가 되어 있습니다.

아터 아저씨가 보여준 집안 곳곳에도 이들의 고통이 드러나 있
었습니다. 주방을 비롯한 방안 전체가 전시의 피난굴을 방불케
할 정도로 폐쇄된 공간이었으니까요. 특히 주방은 보통의 방이
아니라 땅굴을 파서 만든 공간인데, 이스라엘군의 총격이 있을

때를 대비한 것이랍니다. 굴의 규모가 작기 대문에 주방으로 쓰기에는 문제가 많습니다. 허리 높이의 씽크대가 있는 것도 아니고, 어두컴컴한 굴 속에서 쪼그리고 앉아 등불 하나에 의지하여 음식을 만듭니다. 음식냄새 빠질 구멍 하나 없는 곳입니다.

안방의 창문을 비롯한 집안의 모든 창문들은 밖을 내다볼 수 없도록 완전히 차단되어 있었는데, 밤에 이스라엘 사람들이 던진 돌에 유리창이 하도 많이 깨져서 이제는 아예 창문의 기능을 할 수 없게 되어버린 것입니다.

그때의 유리 파편으로 딸아이 눈에 큰 상처가 났다고 말하는 아터 아저씨의 얼굴에서 형언할 수 없는 아픔이 느껴집니다. 아이를 안고 먼 길을 달려 병원에 갔다는 아저씨의 마음은 어땠을까요. 아마도 그 아픔은 유릿조각으로 인한 아이의 아픔보다 더 큰, 절대로 지울 수 없는 아픔이었을 테죠.

집 없는 팔레스타인 난민만도 그곳에 700가구가 넘는다고 하니, 이들 팔레스타인과 이스라엘의 문제는 제가 짐작한 이상으로 훨씬 심각한 것이었습니다. 도대체 이들은 왜 이렇게 된 것일까요? 누가 팔레스타인 난민을 만든 것인가요? 자기 집을 뺏기고도 아무런 대응도 하지 못하고 한순간에 난민의 처지가 된 이들을 이해하는 사람들은 또 얼마나 될까요?

탱크에 새총을 쏘는 아이들

더욱 안타까운 것은 어린아이들의 문제입니다. 희망의

꿈을 먹고 자라도 시원치 않을 어린아이들인데, 오로지 팔레스타인 사람으로 태어났다는 이유만으로 세상에 대한 두려움과 상처를 안고 커야 합니다. 어린아이들이 무엇을 알까 싶지만 이스라엘군을 향한 저항에는 어른 아이가 없었습니다.

저는 이스라엘 탱크를 향해 새총을 쏘고 돌을 던지는 팔레스타인 소년의 사진을 보면서 다윗과 골리앗이 따로 없다고 생각했습니다. 그 작은 체구의 어린아이가 자신보다 몇배 큰 탱크를 향해 육탄으로 맞서는 모습이, 거인 골리앗과 맞서 싸우는 소년 다윗과 다를 바 없어 보였던 것이지요.

제가 만난 팔레스타인 아이들은 큰 눈망울에 수줍은 미소를 가

지고 있었습니다. 마음껏 뛰어놀 나이지만, 집 밖에서 총을 들고
서 있는 군인을 베란다로 빠끔히 살필 수밖에 없는 아이들. 밤에
총소리가 나면 무서워서 잠을 못 이루는 아이들. 이들은 늘 악몽
에 시달린다고 합니다.

얼마 전에는, 공을 가지고 놀던 어린아이가 이스라엘 군인이
쏜 총에 맞은 일이 있었답니다. 이스라엘 군인이 어린아이에게
공을 달라고 했는데 아이가 싫다고 하자, 안 주면 총을 쏘겠다고
한 것인데, 아이는 쏠 테면 쏴보라고 했답니다. 그런데 정말로 이
군인은 아이의 다리를 쏘았다는 것입니다.

세상에나, 말이 됩니까! 이스라엘 군인의 수준이 어린아이만도
못하다니요! 도저히 납득이 가지 않는 이야기지만, 이것이 현실
이었습니다. 아이가 차에 치였는데도 그냥 가버린 일도 있고, 아
이들이 장난감총을 겨누었다면서 부모에게 "한번 더 그러면 아

이에게 무슨 일이 일어날지 모른다"고 경고하기도 했다는군요.

학교문제 또한 심각합니다. 현재 많은 학교가 문을 닫았으며 아이들은 교통수단이 없기 때문에 엄청난 거리를 걸어서 다녀야 합니다. 아터 아저씨네 딸들도 먼 길을 걸어서 학교를 다니고 있습니다. 교육만이 팔레스타인을 일으킬 힘이요, 아이들의 희망일 것입니다. 그래서 팔레스타인 아이들은 먼 길을 마다 않고, 학교로 묵묵히 걸어가는 것입니다.

팔레스타인의 이러한 현실을 아는 사회는 많지 않습니다. 별다른 관심을 갖지 않을뿐더러, 안다고 해도 미국이란 큰 파워가 버티고 있기 때문에 별수가 없는 것이지요.

아터 아저씨는 이렇게 말했습니다.

"우리의 평화는 고통 속에 있고, 평화의 대가로 우리가 얻은 것은 자유가 아닌 억압과 구속이다. 텔레비전에서는 연일 팔레스타인 사람들이 이스라엘인을 더 많이 죽인다고 보도하지만 실제로 보라. 강자가 누구인지. 총을 들고 있는 사람이 누구인지. 아무도 우릴 도우려 하지 않고, 아무도 우릴 이해하지 않는다. 우리는 살고 있던 집을 빼앗겼지만 그 집이 우리가 살았던 집이라고 인정해주는 사람들은 없다."

전쟁의 고통을 딛고

팔레스타인 사람들과 함께한 시간은 비록 하루였지만 학교에서 오랜 기간 배운 역사책 속에서 미처 깨닫지 못한 현재의 역사를 분명히 알게 해준 시간이었습니다.

팔레스타인 사람들에게는 평화가 없습니다. 그들에게 손바닥만한 평화가 있다면, 그 평화는 고통스러운 평화일 것입니다. 이스라엘 주변의 아랍국가들은 여행객의 여권에 이스라엘 입국도장만 있어도 자기네 나라 입국을 불허할 정도로 이스라엘을 증오하지만, 이들 또한 팔레스타인을 도울 힘이 없습니다.

2천년 동안 살아온 자신의 땅을 빼앗기고 아무 말도 할 수 없는 팔레스타인 사람들. 그리고 참으로 역설적이게도, 2천년을 헤매고 방황하며 당한 서러움을 고스란히 남에게 돌려주는 이스라엘 사람들. 그 한가운데서 큰 눈으로 저를 쳐다보던 팔레스타인 꼬맹이의 모습이 잊혀지지 않습니다. 그 아이에게 자꾸만 미안해지고 부끄러워지는 것은 무슨 까닭일까요.

가까이 다가가서 보니 피에 물든 손수건 같았던 땅, 팔레스타인. 그러나 저는 믿습니다. 평화를 사랑하는 사람들이 있고 평화를 위해 노력하는 사람들이 있는 한, 이곳 팔레스타인에도 반드시 조금씩 조금씩 평화가 다가올 것이라고.

예루살렘의 아이러니

예루살렘으로 들어와 구시가의 여러 곳을 둘러본 다음 날, 우리는 독일인의 유대인 학살을 고발하는 홀로코스트 박물관을 찾았습니다. 예루살렘의 복잡한 구시가지 성벽 안에 위치한 작은 박물관이라 찾기가 좀 힘들었죠.

그런데 이곳에서 우연히 만난 유대인이 한 말은 무척이나 충격적이었습니다. 팔레스타인에 대해서 어떻게 생각하느냐는 질문에, 그는 "신이 약속한 땅을 우리가 찾았을 뿐이다. 그들이 살던 곳은 지금의 이라크, 이란 쪽이다. 그리로 다 내쫓아야 한다"라고 아주 당연하게 대답하는 것이 아닙니까! 이스라엘인들이 팔레스타인 사람들에 대해 조금은 미안한 마음을 갖고 있으리라 생각했

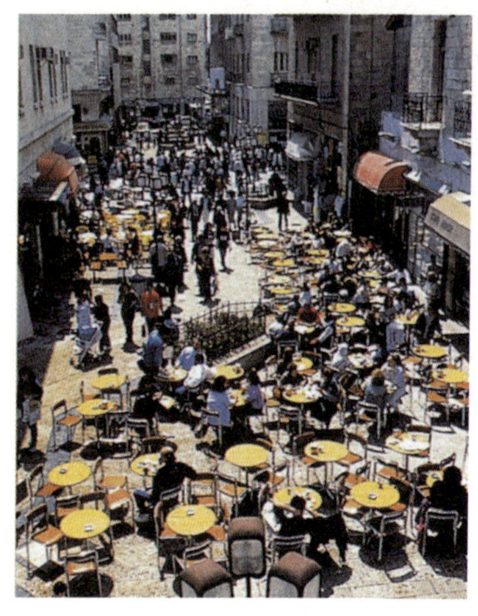

는데, 정말 뜻밖이었습니다.

이스라엘 키부츠 농장에서 자원봉사자로 일하는 한국 대학생 오빠들을 유스호스텔에서 만났는데, 이분들의 말은 더욱 충격이 아닐 수 없었습니다. 이스라엘 사람들은 아랍국가 사람들을 '짐승들(animal), 쓰레기들(garbage)'이라고 말한다는 것입니다. 정말 믿고 싶지는 않지만요. 이곳에 있으면 있을수록 이스라엘과 팔레스타인 문제를 해결할 길이 보이지 않아 더 안타까워지는군요.

예루살렘의 신시가지는 유럽의 여느 도시처럼 산뜻합니다. 중심가 다윗 거리나 자파 거리는 활기가 넘칩니다. 겟세마네 동산의 막달라 마리아 교회와 만민교회도 너무나 아름답군요. 유대인

들의 차림새도 깨끗하고 어린아이들의 피부는 곱디곱구요.

금 하나 그어놓고 적대적으로 사는 팔레스타인과의 엄청난 격차가 한눈에 보이더군요. 미국을 배경으로 한 이들의 경제력, 군사력, 교육여건 등은 팔레스타인은 물론 주변의 아랍국가와 '게임'이 안되는 것이었습니다. 나중에 신문에서 본 자료에 의하면 이스라엘의 일인당 국내총생산은 1만 8900달러로 팔레스타인의 1680달러의 무려 열 배가 넘는 규모였습니다.

물론 이스라엘의 경제적인 힘도 대단하지만 유대인의 종교적 힘이야말로 그들의 버팀목이라 생각됩니다. 이러한 힘을 예루살렘 시내의 사해문서(Dead Sea Scrolls) 박물관에서 볼 수 있었습니다. 예루살렘 박물관엔 사해문서를 보관하는 아주 특이한 모양의 박물관이 따로 있습니다.

고대 이스라엘이 바빌로니아의 느부갓네살왕에게 점령되어

예루살렘 시내의 사해문서 박물관.

철저히 파괴되었을 때, 수많은 유대인이 바빌론에 포로로 잡혀갔지요. 유대인 포로들은 민족의 정체성을 살리기 위해 자기네 역사를 기록하였는데, 이것이 성서의 기록이죠. 유대인들은 어렵게 쓴 성서를 후세에 전하기 위해 항아리에 넣어 사해의 동굴 속에 넣어두었는데, 이 항아리를 양치기 소년이 우연히 발견하여 세상에 알려진 것입니다. 우리나라의 고려대장경처럼 구국의 신념으로 한 글자 한 글자 손으로 쓴 기록들이랍니다.

그런데 홀로코스트 박물관에서 유대인의 비극을 보며, 타민족에 의해 이렇게 비극적인 삶을 강요당한 유대인이 지금은 타민족을 쓰레기요 짐승이라 멸시하는 이 아이러니를 어떻게 설명할지 모르겠습니다. 매운 시집살이를 한 며느리가 더 혹독한 시어머니가 된다는 우리 옛말이 맞는 건가요. 도대체 유대인은 어떤 역사를 거쳐온 민족일까요? 유대인이 살아온 역사를 모르고 이스라엘을 말할 수는 없는 것이겠죠?

유대인은 누구인가

모두가 아는 바와 같이, 유대인은 거의 2천년을 나라 없는 백성으로 전세계에 흩어져 살았습니다. 얼마 전에 유시민 아저씨의 『거꾸로 읽는 세계사』에서 '드레퓌스 사건'에 관해서 읽었는데, 단지 유대인이기에 간첩으로 조작되어야 했던 드레퓌스의 비극을 보며 동정을 금할 수 없었습니다.

2차대전 때는 독일인에게 600만명이나 학살당한 슬픈 역사를 지닌 이들은 어떻게 다시 일어나서 건국을 할 수 있었을까. 왜 이들은 아랍인, 특히 팔레스타인 사람들과 원수관계가 되었을까? 이를 알기 위해서는 먼저 이스라엘의 역사를 거슬러올라가봐야 합니다. 교과서에는 이렇게 나와 있네요.

헤브라이인들은 기원전 11세기경 팔레스타인 지방에 정착하여 헤브라이왕국을 건설하였다. 이 왕국은 다비드와 솔로몬왕 때 전성기를 맞았으나, 기원전 10세기에 북부의 이스라엘왕국과 남부의 유대왕국으로 분열되었다.

그러면 우리에게 익숙한 아브라함, 가나안 등은 언제 이야기일까요? 이 이야기는 교과서에 없지만 우리는 이미 성경을 통해 알고 있습니다. 기원전 3천년경에 메소포타미아 지역, 특히 우르 지역에서 가족을 이끌고 초원을 찾아 서쪽으로 온 아브라함이 정착한 곳이 바로 지금의 이스라엘 땅이죠. 성서에 의하면 아브라함은 헤브론의 땅을 샀다고 되어 있습니다. 우리가 팔레스타인 난민촌에서 하루를 지낸 곳이 헤브론인데, 유대인들은 헤브론을 아브라함의 땅이라고 부릅니다.

그 유명한 출애굽기도 아브라함의 손자인 야곱의 후손 헤브라이인들이 위대한 지도자 모세를 따라 이집트를 탈출하여 약속의 땅 가나안, 즉 지금의 팔레스타인 땅으로 들어간 이야기입니다. 그러니까 교과서에 등장하는 다비드왕(다윗왕)과 솔로몬왕은 출애굽 이후에 헤브라이인들이 강력한 국가를 건설한 때부터의 이야기인 것입니다. 그리고 바로 이 장면이 지금 이스라엘 사람들이 팔레스타인 사람들을 내쫓고 이 땅이 자기네 땅이라 주장하는 근거입니다.

분열되기 전의 헤브라이왕국은 어떠한 곳이었을까요? 성경에 많이 등장하는 인물들이 바로 이 시대에 살았던 사람들입니다. 그 유명한 다윗왕과 그의 아들 솔로몬왕! 이 두 왕의 재위기간에 헤브라이왕국은 가장 번성합니다. 특히 솔로몬왕은 예루살렘에 웅장한 성을 지었는데, 이 성은 신바빌로니아의 공격을 받아 흔적도 없이 사라집니다. 오직 한쪽 벽면만이 남아 있을 뿐인데, 그것이 유명한 통곡의 벽이죠. 교과서를 더 볼까요?

그후 이스라엘왕국은 아시리아에게 정복되고, 유대왕국도 신바빌로니아에게 망하여 백성들이 바빌론으로 잡혀가는 수난을 당하다가(바빌론 유수, 기원전 586), 페르시아의 지배하에서 다시 자신의 땅으로 돌아갈 수 있었다.

유대와 이스라엘로 분열된 헤브라이왕국뿐만 아니라 주변의 약소문명들이 모두 아시리아에게 통일되고 맙니다. 그러나 아시리아는 철권통치로 오래가지 못하고 다시 신바빌로니아 등 몇나라로 나뉩니다. 바로 이 시기에 유대왕국이 신바빌로니아에게 망해 백성들이 포로로 잡혀가 50년을 종살이하게 되죠. 그후 오리엔트 세계는 페르시아에 의해 재통일됨으로써 옛 페니키아와 헤브라이 사람들은 자유를 되찾습니다.

하지만 페르시아는 결국 알렉산드로스(알렉산더)에 의해 정복되고, 알렉산드로스 대왕의 동방원정 이후 헬레니즘시대가 열립니다. 그후로는 로마가 서서히 고개를 들기 시작하죠. 로마의 지배 시절, 이스라엘 지역의 왕이 바로 헤롯입니다. 오늘날 이스라엘에 있는 성벽의 대부분은 헤롯왕이 건축한 것이랍니다.

성경에도 나오지만 헤롯왕 때 '왕이 될 자'가 나타난다는 소문이 돌아서 그는 모든 아기를 죽이도록 명령하죠. 성모 마리아는 도망을 가다 베들레헴에서 예수를 낳았고, 예수는 로마의 핍박에서 유대인을 구원할 메시아로 등장합니다. 결국 유대인들 스스로가 예수를 로마 총독에게 넘기는데, 당시 로마 총독이 예수를 십자가에 못박혀 죽게 했던 빌라도인 것이죠.

로마는 이스라엘 사람들에게 황제를 숭배할 것을 요구합니다. 그러나 유일신 사상을 가지고 있던 유대인들은 오직 하나님만을 섬기는 민족이었습니다. 결국 로마에 격렬하게 저항하게 되죠.

헤브라이인들은 유일신 여호와를 신봉한 유대교를 믿었다. 이민족으로부터 시련을 겪는 가운데 구세주가 자기 민족만을 구원해주리라는 배타적인 선민사상이 싹터 민족적 단결을 이루었다.

결국 로마는 이들을 산산조각내고야 맙니다. 그후로 유대인은 무려 2천년간 유랑민으로 이 세상을 떠돌며 나라 없는 민족의 설움을 겪었던 것이구요.

앞에서도 말했듯이, 지금까지 남아 전해지는 단 하나의 벽이 있습니다. 유대인은 이 벽에 기대어 기도하며 눈물을 흘리는데, 이것이 그 유명한 통곡의 벽이죠. 이스라엘인들은 이곳에서 울며 신전의 재건과 국가의 강건함을 기도했던 것입니다.

우리가 통곡의 벽에 갔을 때도 많은 유대인들이 있었습니다. 재미있는 것은, 이 통곡의 벽에도 남녀유별이 있다는 것입니다. 아빠가 무심코 통곡의 벽에 가까이 가자, 어떤 여자가 다가와 마구 뭐라고 하는데, 알고 보니 남자는 여자들의 구역에 들어올 수 없었던 것이에요.

한 젊은 여성이 종이에다 기도문을 적는데, 슬쩍 보니 아랍 글자 같아 보였습니다. 머리도 노랗고 전혀 유대인같이 보이지 않기에 호기심이 생겨 "아랍인이세요?"라고 물었더니, "내가 아랍인처럼 보이냐?"라고 기분나쁜 듯 되묻습니다. 자기는 순수 유대인이라나요. 으휴, 아랍 글자나 헤브라이 글자나 비슷비슷해 보여 궁금해서 물어본 것인데, 정말 민감하게 반응하는군요.

그런데 사실은, 통곡을 해서 통곡의 벽이 된 것이 아닙니다. 이곳엔 기도하러 오는 사람들이 자신의 소망을 적은 종이를 벽에 끼워넣는데, 밤이 되면 이슬이 맺혀 떨어지는 것이 꼭 이스라엘인의 눈물을 닮았다고 하여 붙여진 이름이죠. 이제는 상식이 되어버린 이야기지만요.

통곡의 벽에 들어가기 위해서는 반드시 검문을 거쳐야 합니다. 기도하러 오는데 무슨 검문이냐고 하겠지만, 통곡의 벽이 세계적으로 유명한 곳인만큼 테러의 가능성이 높기 때문이라는 겁니다. 역시 이 지역은 분쟁이 끊이지 않는 생생한 역사의 현장입니다.

갈등의 상징, 황금돔

그렇다면 이 두 민족간의 갈등은 어디에서부터 시작된 것일까? 저는 예루살렘의 황금돔(반석 위의 돔)에서 그 원인을 한 가지 찾아볼 수 있었습니다. 예루살렘의 상징은 뭐니뭐니 해도 황금돔이죠. 아시다시피 예루살렘은 유대교만 있는 곳이 아니었습니다. 이슬람을 비롯하여 기독교, 그리스정교까지 다양한 종교

가 공존하는 곳입니다. 그것도 각각의 지구를 이루어서 말입니다. 이스라엘과 아랍국가 간의 문제에 대해 제대로 알지 못했던 저는 황금돔은 예루살렘에 있으니까 막연히 유대교도들의 것이라 생각하고 있었는데, 그게 아니었습니다.

황금돔이 있는 동예루살렘은 1967년의 제3차 중동전쟁이 있기 전까지만 해도 요르단의 영역이었으며, 지금도 황금돔은 이슬람 사람들이 차지하고 있고, 이방 종교인은 출입이 금지되어 있는 곳입니다. 우리가 황금돔을 찾았을 때도 황금돔에 이르는 문은 굳게 잠겨 있었죠. 이슬람교를 믿는 무슬림이 아니면 들어갈 수 없다는 것입니다. 결국 저는 밖에서 수박 겉핥기 식의 구경을 할 수밖에 없었죠. 건물 안에는 이슬람교의 창시자인 무함마드(마호메트)가 승천하였다는 바위에 그의 발자국이 남아 있다네요.

예루살렘에서 유스호스텔을 잡고 보니, 거기는 무슬림 지구였습니다. 그동안 보아 왔던 아랍국가와 마찬가지로, 아잔(기도시간을 알리는 소리)이 울립니다. 그리고 기다렸다는 듯이 교회종이 고요히 울려퍼집니다. 아잔과 교회 종소리가 동시에 울려퍼지는 곳, 이곳이 바로 예루살렘입니다.

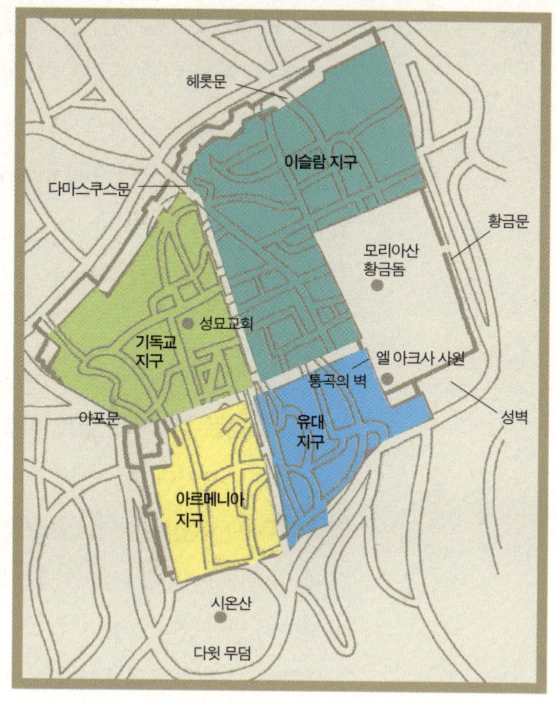

네 개의 이질적인 종교가 모여 있는 예루살렘 구시가지.

성벽으로 둘러싸인 예루살렘 구시가는 유대·이슬람·기독교·아르메니아 지구로 나뉘어 있고, 이곳엔 성당·모스크·그리스정교·콥트 교회 등이 모두 있습니다.

우리가 숙박한 예루살렘 구시가지의 유스호스텔은 아랍인이 운영하는 것이었습니다. 남녀 숙소가 따로 있었는데, 아빠가 우리 방에 잠시 있는 동안 아랍인 종업원이 달려와 어찌하여 (이슬람 율법을 어기고) 남녀가 한방에 있느냐고 흥분하는 바람에 우리는 기겁을 했지요. 뭐, 이런 문제쯤이야 간단히 해결되었지요. 아빠가 "너희는 가족도 없느냐, 외국인에게 이렇게 소리쳐도 되느냐, 다른 호텔을 찾아보겠다"며 협박까지 덧붙여 말씀하셨더니, 금방 태도를 바꾸어 "my friend!"라며 가식적(?)인 미소를 짓습니다. 아랍 사람들은 my friend란 표현을 잘 쓰는데 아부성 발언이 대부분이라 그리 믿음이 가진 않는군요.

같은 뿌리의 두 형제, 이슬람교와 유대교

어쨌거나 황금돔에 대해 마저 이야기하면, 무함마드가 알라신의 계시를 받아 이슬람을 선포하기 전, 천사장 가브리엘의 손에 이끌려 사우디아라비아의 메카에서 이곳 예루살렘의 모리아산까지 날아왔다고 합니다.

무함마드가 이 바위를 딛고 승천하여, 노아·아브라함·모세·야곱 등의 선지자를 만나고 온 것을 기리기 위해 그 바위에 이슬람의 모스크를 세워 이슬람 성지로 삼은 것입니다. 그러나 이 돔은 무슬림의 성지이기 이전에 유대교도와 기독교도의 성지입니다. 모리아산은 아브라함이 자신의 아들 이삭을 제물로 바쳤다고 전해지는 곳이기 때문이죠. 그러니까 유대인이 중시하는 곳입니다. 또한 아브라함·이삭·다윗의 혈통에서 태어난 예수가 기독교를 전파한 곳이며, 골고다 언덕에서 십자가에 못박힌 곳이니 기독교인들의 성지인 것입니다.

그런데 무함마드가 누구냐? 그 조상은 아브라함이죠. 아브라함은 이삭과 이스마엘 두 아들이 있었는데, 아브라함의 두번째 부인 하갈의 소생 이스마엘 계열에서 무함마드가 태어난 것입니다. 또한 이삭의 계열, 즉 야곱·요셉·다윗의 혈통에서 예수가 태어납니다. 그러니 예수와 무함마드의 조상은 모두 아브라함이요, 같은 뿌리의 한 혈통인 것입니다.

단지 유대인들은 이스마엘이 '첩의 자식'이란 이유로 정통성을 인정하지 않는 것이죠. 반면 아랍인들은 분명 이스마엘이 먼저 태어났고, 아브라함의 장자이며, 여호와에게 바친 아들도 이삭이 아니라 이스마엘이라고 주장합니다. 그땐 이삭이 태어나지도 않은 때라는 것이죠.

그렇다면 누가 옳은 것일까요? 과연 아브라함은 이삭을 제물로 바친 것일까요, 아니면 아내 사라가 아들을 못 낳자 여종 하갈이 낳은 이스마엘을 제물로 바친 것일까요? 아랍의 경우, 본처의 개념이 없답니다. 여러 부인 중에서 아들을 낳은 사람이 부인으로서의 모든 권한을 갖는 것이죠. 그러니까 우리나라처럼 정비 이외의 후궁은 서열상 한참 뒤처지는 것과는 달리, 여러 부인 중 아들을 낳는 자가 본처의 지위에 오른다는 겁니다.

그리고 분명 이삭보다 이스마엘이 먼저 출생했고 그는 분명 아브라함의 장자였으며 따라서 아브라함은 이스마엘을 하나님께 바쳤다는 것입니다. 이런 식으로 생각하면 무함마드야말로 아브라함의 정통 후손이라는 이야기가 되는 거죠.

이웃나라 요르단의 20디나르 지폐에도 이 돔이 새겨져 있고, 터키의 이스탄불 박물관에도 돔의 모형이 있으니 돔에 대한 중동국가의 애착이 무척 큰 것을 알 수 있습니다. 도대체 왜 요르단이 예루살렘의 상징인 황금돔을 자기네 화폐에 그려넣었을까 하고 의아해했었는데, 1967년 제3차 중동전쟁(6일전쟁) 전까지는 황금돔이 있는 예루살렘 동쪽이 요르단 땅이었음을 나중에야 알았습니다. 앞에서 잠깐 말했었죠?

그 유명한 6일전쟁에서 이스라엘이 요르단을 공격하여 동예루살렘을 점령해버린 것이죠. 지금도 요르단은 이스라엘에 대해 황금돔이 있는 동예루살렘의 반환을 요구하고 있습니다. 이처럼 황금돔은 예루살렘의 상징이면서, 동시에 유대교·기독교·이슬람교 간의 오랜 갈등의 상징이기도 합니다.

아랍인들의 항쟁과 비겁한 영국

이스라엘과 팔레스타인 문제. 그렇다면 분쟁의 불씨는 어디서부터 시작된 것일까요. 그 직접적인 원인은 비겁한 영국에 있습니다. 맥마흔 선언을 통해서는 아랍국가의 건설을, 밸푸어 선언을 통해서는 유대국가의 건설을 약속하여 모순된 이중계약을 맺은 영국은 사실 프랑스와 밀약을 맺어 세계대전이 끝난 후에는 팔레스타인을 서로 나누어 통치하자는 약속을 해둔 상태였습니다. 당시의 제국주의 국가들이 모두 그러했듯, 참으로 야비하고 교활하지요.

세계에 흩어졌던 유대인이 이스라엘 건국을 위해 1차대전 후 팔레스타인으로 이주하고 이에 따라 팔레스타인 사람들과의 갈

등이 심각해지자, 영국은 이 문제를 유엔에 떠넘겨버린 채 슬쩍 손을 떼고 맙니다. 유엔은 당시 팔레스타인 인구의 5퍼센트밖에 안되는 유대인에게 팔레스타인의 절반에 해당하는 서쪽 지역에서의 건국을 승인하게 됩니다. 이로써 유대인들은 지중해 쪽의 텔아비브를 수도로 하여, 1948년 그들의 꿈이던 이스라엘의 건국을 선포하게 된 것입니다. (자세한 얘기는 요르단 편에서 이어지고 있으니, 계속 읽어주세요!)

그러니 주변의 중동국가가 "축하한다, 너네 나라 생겼구나!"라고 나올 리가 있겠습니까? 바로 다음날, 이스라엘 건국을 저지하던 아랍의 맹주 이집트와 시리아·레바논·요르단 등이 이스라엘을 공격합니다. 그후 네 차례에 걸쳐 중동전쟁이 일어나지만, 아

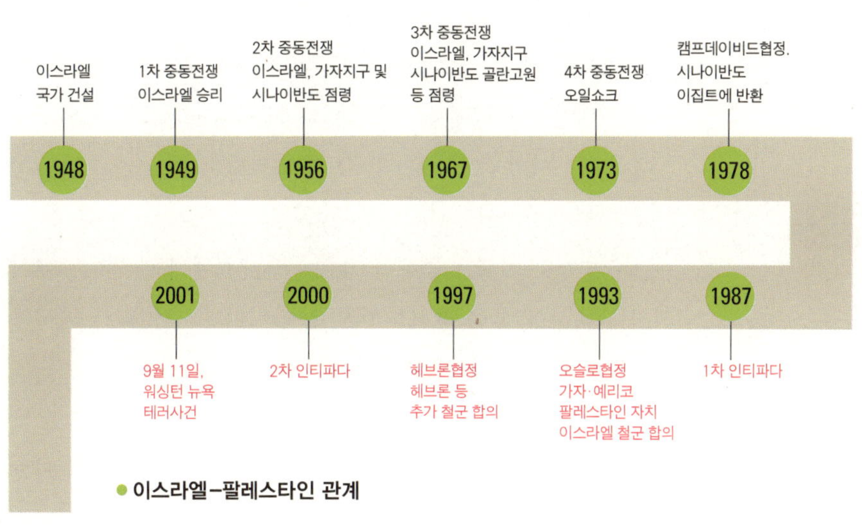

● 이스라엘-팔레스타인 관계

랍국은 이스라엘에 패하기만 할 뿐이었습니다. 이스라엘은 경제력, 군사력, 시오니즘, 그리고 미국의 절대적 지원을 앞세워 번번이 아랍제국을 제압한 것입니다.

한편 아랍국들은 분열하여 이집트·사우디아라비아 등에 친미정부가 들어서고 요르단 등이 실리외교를 함에 따라, 팔레스타인은 그야말로 고립무원의 신세가 되어 폭탄을 안고 미국과 유대인을 향해 뛰어드는 극한 투쟁에 나서게 된 것입니다.

사우디아라비아를 친미정부라고 했는데, 『동아일보』(2002년 2월 20일)의 내용을 인용하면 금방 이해가 될 것 같네요.

세계 최대 석유수출국인 사우디는 국제원유가보다도 배럴당 1달러 싼 가격으로 미국 국내 석유소비량의 17%(하루 약 170만 배럴) 가량을 안정적으로 공급한다. 이로 인해 미국은 연간 6200억 달러(약 806조원)의 막대한 비용을 줄일 수 있었다. 미국은 대신 사우디에 군사보호막을 제공하고 미국의 대외정책에서 사우디의 목소리를 적극 반영해왔다.

그뿐일까요. 미국은 중동산 석유제품을 세계에 판매하는 메이저 석유회사를 통해 막대한 이익을 남깁니다. 그러면서 미국의 군수품을 사우디아라비아 등에 판매하는 것이죠.

그러니까 미국의 주도하에 1993년의 오슬로 평화협정으로 팔레스타인 지역에 평화가 찾아왔다고는 하지만, 힘의 균형에 의한 평화가 아닌 까닭에 이스라엘은 점령군처럼 행세하였고, 팔레스타인은 고통스러운 평화상태를 받아들여야 했던 것입니다. 그러한 고통스럽고 절망스런 평화에서 자주적인 평화로 향하려는 팔레스타인의 좌절감이 극단적으로 표출되는 것이 테러이며, 아랍사람들이 가진 반미감정의 극단적 폭발이 2001년 9월 11일의 뉴욕과 워싱턴 테러인 것입니다.

그렇다면 9·11 이후의 팔레스타인 문제는 어떻게 되었을까요? '악의 축' 발언에서 보듯, 미국·영국 등은 더욱 호전적으로 변해 있고, 이스라엘은 팔레스타인에 대한 속박과 공격을 더욱 강화하고 있습니다. 팔레스타인 사람들은 또 그들대로 자살폭탄공격을 멈추지 않고 있고요. 더욱 멀어진 화해와 평화. 휴우, 이것이 오늘날의 안타까운 현실이군요.

평화를 만드는 사람들

그렇다면 이스라엘과 팔레스타인 문제에 대한 해결방안은 전혀 없는 것일까요? 유엔도 있고 유럽연합도 있어, 중동문제의 해결에 나서고는 있습니다. 그러나 자신만의 선을 내세우는 안하무인격인 미국이 어찌 평화를 만들 수 있겠습니까. 미국의 군사력과 경제력에 좌우되어 살아가는 아랍국, 그리고 미국의 눈치를 보지 않으면 안되는 유럽과 아시아의 나라들, 미국에 기대어 살아가는 많은 약소국들도 뾰족한 방도가 없습니다. 이런 생각을 하면 정말 정말 답답해지는군요.

그렇다면 도대체 평화의 희망은 없는 것인가! 저는 헤브론에서 만난 CPT라는 비정부기구와, 이스라엘 사람이지만 이스라엘의 팔레스타인 정책에 이의를 제기하는 '피스 나우(Peace Now)' 같은 기구들, 그리고 세계의 인권기구와 양심적인 사람들을 통해 그 해결의 단서를 찾을 수 있다고 생각합니다. 헤브론에서 팔레스타인인을 돕고 있는 다이앤 할머니 일행과 함께 난민지역을 방문했을 때, 미국에 그토록 적대적인 팔레스타인인들이지만, 이들 미국인에게는 존경과 우정을 표하는 것을 목격하였거든요.

그들은 단순히 이름뿐인 평화주의자들의 모임이 아니라, 팔레스타인 문제에 대해 진지하게 고민하고 그들의 고통을 함께 나누며, 부시 행정부의 강경정책에 '노'라고 말하는 의로운 미국시민들이었습니다.

다이앤 할머니네의 사무실에 흑인 민권지도자 마틴 루터 킹 목사의 사진과, 달라이 라마의 사진이 걸려 있는 것이 몹시 인상적이었습니다. 세계에는 이러한 평화의 스승들이 있어 우리에게 희망을 주고 있는 것이지요. 달라이 라마야말로 거대한 중국에 맞서서 티베트의 독립과 인류의 평화를 위해 애쓰는 평화의 스승 아닙니까. 잔잔한 웃음을 띠고 합장한 모습의 달라이 라마 사진에는 다음과 같은 그의 격려사가 적혀 있었습니다. "결코 포기하지 마라, 무슨 일이 일어나든지. 너희 앞에 무슨 일이 일어나든지 결코 포기하지 마라."

우리는 이제 팔레스타인을 떠나야 합니다. 열 식구가 한 집에 사는 초라한 삶 속에서도 우리를 따뜻하게 대접해준 아터 아저씨네 가족의 모습과 예루살렘 번화가의 풍요로워 보이는 유대인들의 모습이 자꾸 비교되는군요. 고통 속의 평화를 선택할 수밖에 없는 약소국의 설움을 가진 땅, 팔레스타인! 평화를 사랑하는 세계인들과, 우리를 정성껏 대접해주었던 팔레스타인 사람들의 인정, 특히 짧은 만남이었지만 헤어짐을 아쉬워하던 네살배기 팔레스타인 아이의 그렁그렁한 눈망울이 잊혀지지 않는군요.

저는 믿어 의심치 않습니다. 비록 지금 팔레스타인의 하늘은 먹구름에 뒤덮여 있지만 희망은 늘 함께 있다는 것 말입니다. 구름에 해가 잠시 가렸을 뿐, 해는 언제나 그 자리에서 자신의 빛을 내고 있을 것입니다.

이슬람을 비추는 거울

요르단은

중동의 모든 나라와
비교적 원만한 관계를 유지하고 있습니다.
앙숙지간인 이스라엘과 이라크, 시리아 가운데 있는
작은 나라이다 보니 중립외교를 펼 수밖에 없네요.
요르단 사람들은 낯선 동양소녀에게
미소를 지으며 환영의 얼굴로 인사합니다.
이곳 사람들이 베푸는 따스한 정과 후덕한 인심은
우리 시골 같은 편안함을 선물하죠.
시간마다 울려퍼지는 이슬람의 '아잔' 소리가
익숙해질 때쯤이면 이방인의 어색함과
불편함은 사라진답니다.

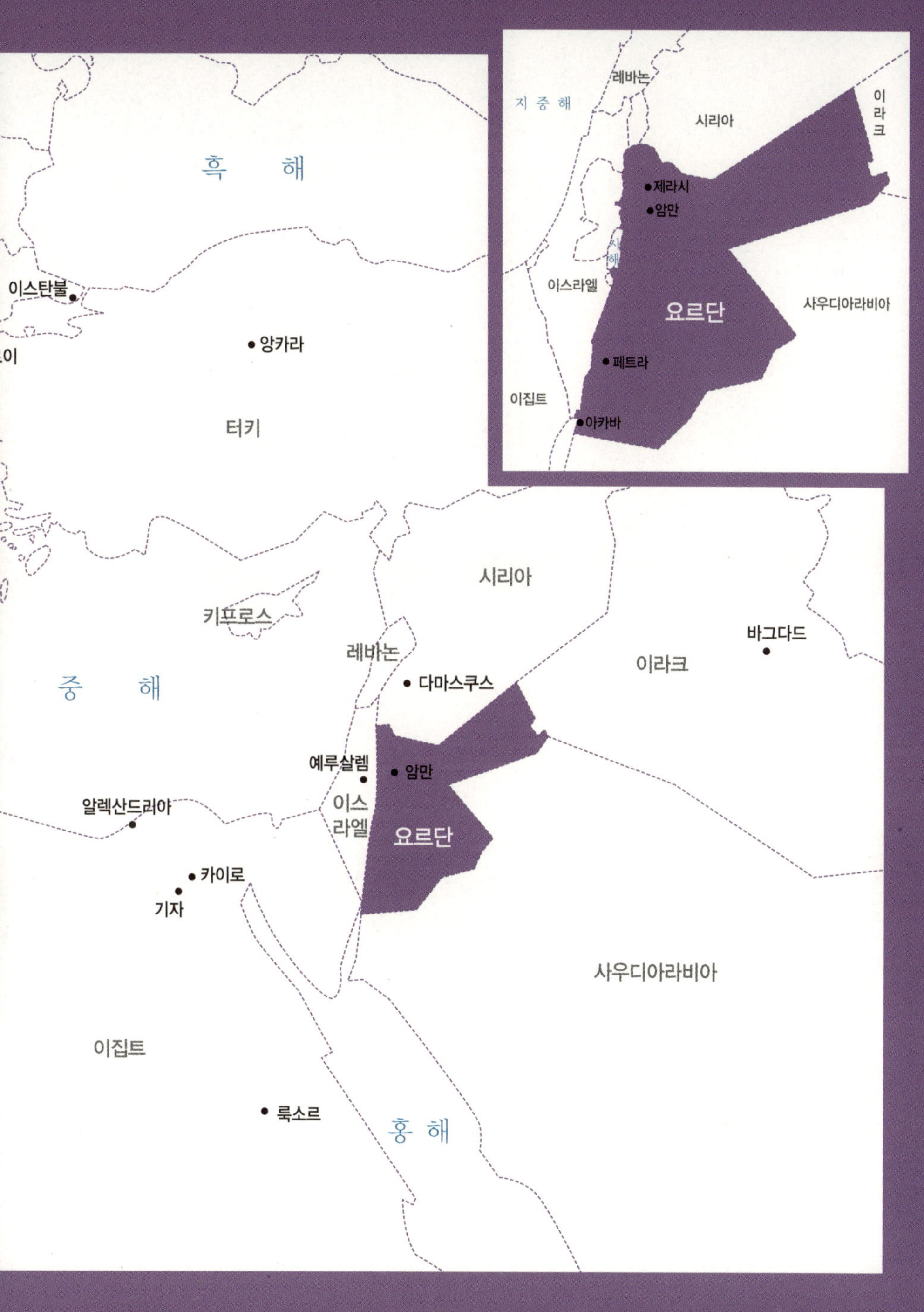

흑 해
이스탄불
앙카라
터키
지중해
레바논
시리아
이라크
제라시
암만
이스라엘
요르단
사우디아라비아
페트라
이집트
아카바
시리아
키프로스
바그다드
레바논
이라크
다마스쿠스
중 해
예루살렘
암만
알렉산드리아
이스라엘
요르단
카이로
기자
사우디아라비아
이집트
룩소르
홍 해

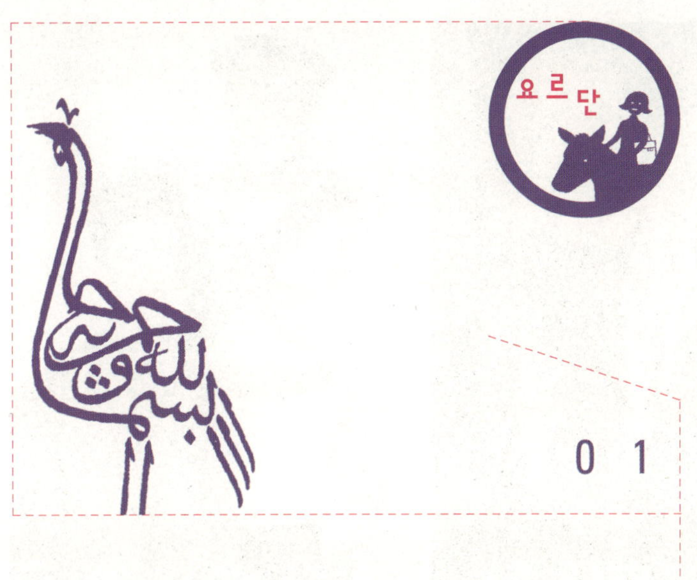

국왕의 나라 요르단

요르단은 어떤 나라일까요? 여행의 최대 장점은 아무 것도 모르고 왔지만 여행하는 동안 엄청나게 많은 것을 보고 알게 된다는 것이 아닐까요? 요르단도 예외일 순 없죠. 우리는 보통 성경의 무대가 이스라엘이라고 생각하는데, 요르단은 성경에 등장하는 지명이 96곳이나 되는 나라입니다. 구약과 신약 시대의 주요 무대가 되는 곳으로서, 국토의 5분의 4가 사막이구요.

요르단의 입국장에는 붉은 점박이 무늬 터번을 멋지게 두른 남자의 대형 사진이 붙어 있었습니다. 누구이기에 저리도 큰 사진을 벽 한가운데 붙여놓은 것일까? 아빠가 저 사람이 바로 후쎄인 국왕이라고 하십니다.

흥미롭게도 요르단은 왕이 통치하는 국가입니다. 처음에 저는 지금이 어느 시대인데, 왕이냐고 눈을 동그랗게 떴죠. 그런데 가만히 생각해보니 영국이나 모나코 같은 나라도 왕국이지 뭡니까. 조금 학문적(?)인 용어를 쓰자면 입헌군주국들이죠.

후쎄인이란 사람은 자세히는 몰라도 어디서 한번쯤은 들어봤던 이름이죠? 이 나라의 왕이었던 사람이죠. '왕이었다.' 과거형인 이유는 지금은 그의 아들 압둘라가 뒤를 잇고 있기 때문입니다. 몇년 전 후쎄인이 세상을 떠났을 때 클린턴 등 서방의 대통령들이 조문을 한 것으로도 화제가 되었지요. 또 미망인이 된 후쎄인의 미인 왕비 누아도 매스컴의 주목을 받았습니다. 사진으로 보았는데(물론 실제로 보았을 리가 없죠) 정말 왕비다운 용모와 분위기를 가졌더군요.

　현재의 국왕 압둘라와 왕비 라니아에 대해서도 잠깐 언급하자면, 압둘라 국왕은 아버지 후쎄인 국왕과는 다른 분위기입니다. 군인 복장에 훈장을 주렁주렁 단 모습이 마치 우리의 고종황제 같기도 하고요. 그러나 죄송스럽지만 외모로는 그다지 카리스마가 없어 보입니다. 하지만 왕비 라니아는 전 왕비와 다를 바 없이 무척 아름답습니다. 외모로 왕비를 선택하는 게 아닌가 싶을 정도로요. 아, 이거 요르단 왕자가 청혼이라도 하면 어쩌나 싶네요.

　후쎄인은 서양과 이슬람국가 간의 교량 역할을 매우 훌륭히 해낸 왕이었다고 해요. 요르단은 석유가 나지 않는 나라입니다. 국토의 대부분이 사막이고요. 그러니 미국 등 서방국가와 아랍국가들 간의 조정자 역할을 자임하고 나서서 실익을 챙기는 것이죠. 그런 줄타기 외교를 잘한 사람이 바로 후쎄인 국왕인데, 지금도 요르단 곳곳에서 터번을 두르고 콧수염을 멋지게 기른 그의 사진을 볼 수 있죠.

유서깊은 아카바 항구

　모세가 이스라엘 민족을 이끌고 출애굽한 홍해와 시나이반도의 거친 사막을 건너 요르단의 유일한 항구 아카바에 닿았습니다. 이제 우리는 사막길로 다시 북상하여 페트라와 암만으로 갈 예정입니다. 여러분 중에 혹시 뜨거운 사막에서 얼마나 힘들게 여행했을까, 저를 걱정하시는 분이 계신가요? 그런 걱정이라면 제가 간단히 해결해드릴 수 있죠. 오늘 아침엔 사막에 눈이 내렸습니다. 상상이 잘 안되죠? 사막에 눈이라! 저 역시 전혀 생각지도 못한 풍경이었으니까요.

우리는 털털이 택시를 탔습니다. 한 가족 버스비가 털털이 택시비와 비슷했으니까요. 그 택시는 이십년은 족히 되었을 유구한 역사를 자랑하는 듯했고, 4분의 1 정도 열린 창문에서 불어오는 바람과 자기 속도도 이기지 못하고 비틀거리는 고물차였어요. 더군다나 아찔한 것은 택시기사 할아버지가 위험한 사막길을 졸면서 운전하는 게 아닙니까요! 조마조마했지만 말도 안 통하는데 어쩔 도리가 있나요. 그저 "인샬라(신의 뜻대로)!"인 것을.

아빠는 그 불안한 와중에도 별 의미를 다 찾으십니다. 할아버지의 주름진 얼굴과 투박하고 거친 손에서 아랍을 느낀다나요. 저는 주름진 얼굴과 거친 손에서 불안함밖엔 찾은 것이 없는데 말이죠! 아빠의 설명에 의하면, 이들은 척박한 사막에서 살면서 자신의 종교를 지키며 외세와 싸워온 강인한 민족이라는 것입니다. 그러면서 이 아카바 항구도 그런 아랍민족의 투쟁의 역사와 관련이 있는 곳이라 했습니다.

그냥 단순한 항구, 이스라엘·시리아·이라크·사우디아라비아와 국경을 이룬 요르단의 유일한 바다에 면한 항구 정도라고 생각한 아카바항이 아랍민족의 해방과 커다란 관련이 있었던 것입니다. 이 역사의 무대에 등장한 인물이 영국인 로렌스랍니다. '아라비아의 로렌스'로 불리는 로렌스 중위 말이에요.

그가 이끄는 아랍 민병대는 불가능하리라는 통념을 깨고 요르

단사막을 말과 낙타로 넘어 아카바에 입성하고, 이어서 시리아의
다마스쿠스로 진격한 것이죠. 이스라엘과 팔레스타인 분쟁의 원
인이 되기도 한 역사적 사건입니다. 아카바를 지나면서 한번쯤
생각해볼 문제이기도 하지요. 저는 인터넷으로 검색한 자료를 꺼
내보면서 불안한 할아버지의 졸음운전을 잊기로 했습니다.

아라비아의 로렌스

때는 1914~17년 1차 세계대전 상황! 당시 아랍은 터키
(오스만투르크)의 오랜 지배하에 있었습니다. 1차대전중 영국은 독
일과 맞서 싸웠는데, 터키는 독일 편에 섰습니다.

영국은 독일과 한편인 터키를 견제하기 위해 터키로부터의 독
립을 바라는 아랍인들을 움직여 터키와 싸우도록 하였고, 그 대
가로 내세운 것이 아랍의 독립보장이었습니다. 이때 영국이 아랍
쪽 사람들을 포섭하기 위해 보낸 사람이 영국 출신 중위 로렌스
입니다. 군인이자 고고학자이며, 아랍어에 능통하고 여행과 탐험
경험이 풍부해 영국정부의 계획에 적합한 인물이었죠.

로렌스는 아랍인들이 이슬람교도가 아닌 자신을 신뢰하게 하
려면 가능한 아랍인답게 살아야 한다고 생각하고는, 아랍옷을 입
고, 아랍음식을 먹었으며, 아랍인들처럼 바닥에서 잤습니다. 이
러한 노력 때문에 아랍인들이 그를 믿게 되었구요.

로렌스는 군사지도자로 아랍인 파이살을 선택하고, 그와 함께
민병대를 조직하였습니다. 민병대는 로렌스의 탁월한 전략으로

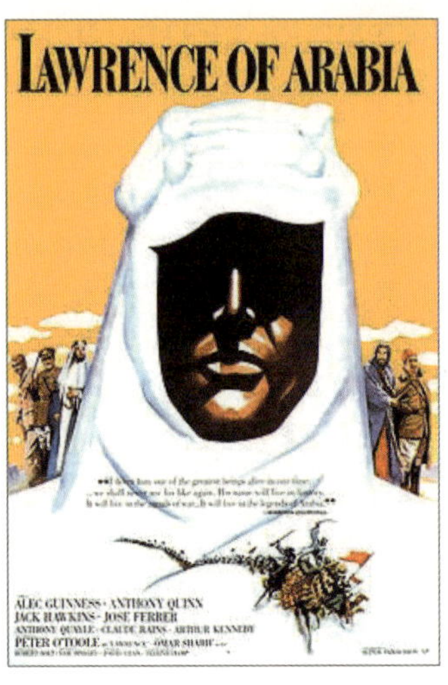

열차를 폭파하는 등 게릴라활동으로 큰 활약을 합니다. 그리고 군사적 요충지인 아카바를 점령한 것입니다. 그것도 무혈입성한 것이죠. 어떻게? 터키군이 다같이 수면제라도 먹었다는 건가요?

로렌스는 아카바 입성을 위해 철저히 계획을 짰습니다. 터키군은 적이 사막을 건너서 오리라고는 상상도 못하고 대포를 바다 쪽으로만 고정시켜놓았답니다. 예상을 깨고 로렌스는 사막을 말과 낙타로 가로질러 입성하였습니다. 마치 눈덮인 알프스 산을 넘어 로마군을 격파한 카르타고의 한니발처럼 말이죠.

이어서 로렌스가 이끄는 아랍군은 시리아의 다마스쿠스로 진격합니다. 다마스쿠스 점령 후 통치권을 놓고 갈등이 생겼는데, 영국과 프랑스는 파이살을 시리아의 통치자로 임명했습니다. 그러나 실질적으로는 프랑스가 통제하는 바람에 파이살과 로렌스는 크게 실망하지 않을 수 없었죠. 로렌스는 영국정부를 설득해서 아랍의 자치를 되찾아보려 했으나 성공하지 못하고 맙니다.

영국과 프랑스는 아랍을 나눠먹기로 미리 짜두었는데 시리아는 프랑스가 통치하고, 요르단과 팔레스타인 등지는 영국이 통치하기로 되어 있었던 것입니다. 강대국들은 결국 아랍인을 이용해

먹은 것입니다. 정말 찜찜한 일이로군요.

영국과 프랑스의 양다리 작전

영국과 프랑스의 비열함은 여기서 끝나지 않습니다. 영국은 아랍뿐만 아니라 유대인에게도 접근했습니다. 쉽게 말해, 목적 달성을 위해 양다리를 걸친 것이죠. 그 양다리는 정말 엄청난 결과를 가져왔습니다. 영국과 프랑스의 농간으로 인해 아직까지도 이스라엘과 아랍은 서로 끊임없이 죽고 죽이는 원수가 되었으니까요.

영국이 유대인에게 한 약속이 무엇인고 하니, 자기네를 돕는다면 예전에 그들이 살았던 팔레스타인에 유대인의 나라를 건설하게 해주겠다는 것이었습니다. 이번 여행 후 저는 팔레스타인 문제에 특별히 관심을 가지게 되었는데, 만약 여행을 하지 않았으면 그냥 지나쳤을 책을 학교 도서관에서 발견하였습니다.

노엄 촘스키의 『숙명의 트라이앵글』이죠. 미국·이스라엘·팔레스타인 사이의 갈등을 객관적으로 분석한 책인데, 이 책에서는 영국이 유대국가 건설을 약속한 밸푸어 선언(1920)에 대해 다음과 같이 설명하고 있어요.

1차대전이 터지기 전까지 팔레스타인에 유대인 왕국을 건설하려는 시온주의운동이 거세게 일어났다. 1917년 후반 영국 외무장관 아서 밸푸어가 시온주의운동을 지원해온 바론 리오넬로스차일드에게 팔레스타인의 유대인 국가를 건설하는 데 영국이 도움을 줄 것이라고 약속한다. 영국은 1920년 평화협정에 의해 국경선을 정하는데 이것이 밸푸어 선언이다. 밸푸어 선언에 규정된 지역의 4분의 3은 요르단 영토로, 1921년 영국은 이 지역을 아랍에 넘긴다. 영국은 향후 28년 동안 팔레스타인 지방을 통치한다.

그런데 그보다 앞서 1916년에 영국은 이미 맥마흔 선언을 통해 터키와의 전쟁에서 승리한 후 팔레스타인 등지에서 아랍인의 국가 수립을 약속한 것입니다. 이것도 모자라 영국과 프랑스는 또 자기들끼리 팔레스타인과 아랍을 나눠먹자는 협약을 맺습니다. 이것이 '싸이크스-삐꼬 비밀협정'이란 것이죠.

약소국의 비애! 저는 이 이야기를 읽으며 우리나라를 생각하지 않을 수 없었습니다. 구한말 이후, 일본의 식민지가 된 우리나라는 얼마나 고통스러운 세월을 보내야 했습니까. 일본은 한반도에서, 미국은 필리핀에서 각자의 이익을 보장받는 것을 내용으로 한 '카쓰라-태프트 비밀협정'을 아시는지요. 영국, 프랑스 등 8개 연합국이 뻬이징에 처들어와 중국의 보물을 약탈한 사실을 우리는 알아야 합니다. 뻬이징에는 원명원(圓明園)이란 유명한 궁궐이 있는데, 유럽연합군의 파괴와 약탈로 지금은 폐허로 남아 있죠.

도대체 선진국이란 게 무엇이며, 서구문명국이란 게 무엇인가요! 약자를 겁탈하는 것이 서구문명국인가요? 자기네들은 선이며 타문화와 타문명은 악이라는, 그래서 자기네 마음대로 남의

운명을 쥐락펴락하는 강대국들의 이 엉터리 논리를 이 여행에서
다시 절감할 수 있었습니다.

흥분을 좀 가라앉히고 다시 아랍인들의 민족항쟁으로 돌아가
볼까요. 1차대전이 끝나자 어처구니없는 이중약속으로 인해 예
상대로 분쟁이 일어납니다. 아랍인들의 신뢰를 한몸에 받으며 영
국과 아랍민족을 이어주던 로렌스의 입장이 무척 난처해졌겠죠.
로렌스는 팔레스타인 문제를 해결하기 위해 파이살과 함께 빠리
강화회의에 참석했으나 별 성과를 얻지 못합니다.

그후로 그는 파이살과 당시 시온주의운동의 지도자였던 하임
와이즈만 사이에 상호 평화협정을 맺게 하는 데 성공합니다. 그
것은 로렌스의 고집과 노력에 힘입은 것이며 양쪽 모두 그를 신
뢰했기에 가능한 일이었죠. 물론 로렌스에 관한 부정적인 평가도
있더군요. 결국은 서구 이익의 대변자였다는 것이죠. 어쨌든 이
것은 1978년 미국 카터 대통령의 중재로 이집트의 싸다트 대통령
과 이스라엘의 베긴 수상이 체결한 캠프데이비드협정이 맺어질
때까지 있었던 유일한 협정입니다.

중동전쟁과 요르단

팔레스타인에서 유대인과 아랍민족 간의 갈등이 점점
더 커지자, 영국은 이 문제를 유엔에 떠넘겨버린 채 팔레스타인
에서 슬쩍 손을 떼고 철수해버립니다. 신사도 이런 신사가 없지
요. 깨끗이 슬쩍 빠지고 말다니요. 유엔은 예루살렘 동쪽 지역에

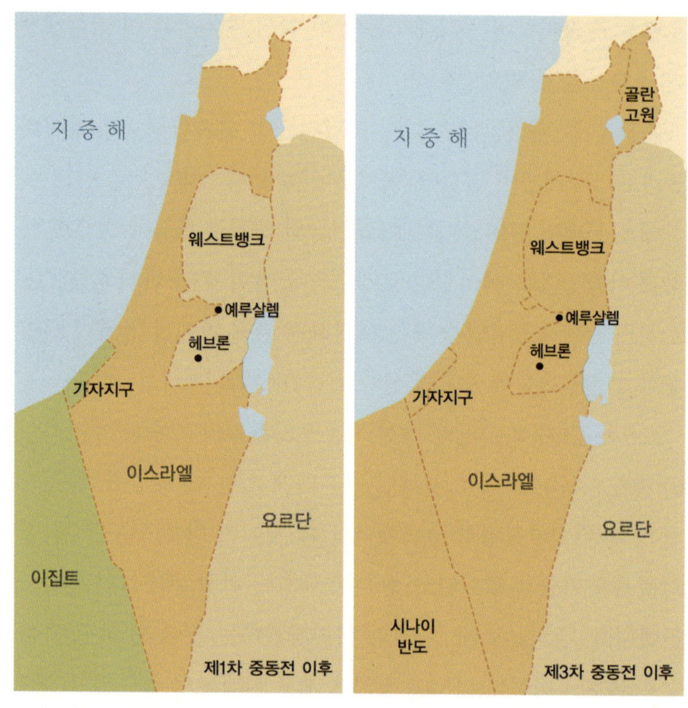

서의 이스라엘의 건국을 승인하여 1948년 마침내 이스라엘이 건국됩니다. 앞서도 잠시 이야기를 했지만, 지도를 들여다보면 이해가 더 빠르겠죠. 이스라엘의 건국 후 이집트는 즉시 이스라엘에 전쟁을 선포하는데, 이것이 제1차 중동전쟁입니다.

그후 제3차 중동전쟁이 일어나는 1967년까지도 지금 우리가 여행하고 있는 나라인 요르단은 예루살렘과 요르단강 서안(웨스트뱅크)을 자신의 국토로 하고 있었습니다. 그러나 1967년 이스라엘은 아랍제국에 대해 선제공격을 가하고, 이집트 시나이반도와 요르단강 서안, 사해 등지를 점령해버립니다.

‘6일전쟁’으로도 유명한 이 전쟁으로 이스라엘의 라빈 수상과 애꾸눈 국방장관 모세 다얀 장군은 세계적으로 주목받는 인물이 되죠. 유엔의 결의로 정전은 되었지만 이스라엘은 점령지에서 철수하지 않았죠. 그후 1973년에 다시 제4차 중동전쟁이 발발하였으나, 이스라엘을 이기지는 못하였습니다.

요르단의 실리외교

요르단은 아랍국가 중에서 좀 독특한 나라죠. 몇차례의 중동전쟁 후에 이집트, 사우디아라비아 등에 친미정부가 들어서서 이스라엘과 평화협정을 맺음에 따라 아랍국가간에도 분열이 생깁니다. 이러한 가운데 요르단은 중립외교로 이스라엘과 아랍국가 간의 중재자 역할을 자임하며, 실리외교를 하게 되죠. 그 주역인 요르단의 멋쟁이 후쎄인 국왕은 아까 살펴보았죠?

요르단이 실리외교를 하는 예는 이스라엘로 들어가는 사람이 원하면 여권에 출국도장을 찍어주지 않는 것에서도 나타납니다. 이스라엘에 입국한 것이 여권에 나타나면 시리아, 레바논, 이란, 이라크 등의 아랍국가는 입국을 거부한다고 했지요. 그래서 이스라엘을 거쳐서 다른 아랍국가를 여행하려는 사람에게 이스라엘과 요르단은 출입국 도장을 여권에 찍지 않고 다른 종이에 찍어주는 것이죠.

팔레스타인은 무력이나 경제력 등에서 압도적으로 우세한 이스라엘에 눌려 살면서 무장투쟁을 전개해왔습니다. 팔레스타인

해방기구, 즉 PLO의 의장 아라파트는 1975년 유엔의 초청을 받아 유명한 연설을 합니다.

> 나는 한 손엔 올리브나무 가지를, 한 손엔 권총을 가지고 왔다! (…) 내 손에서 올리브나무 가지가 떨어지지 않도록 국제사회에서 도와주기 바란다.

팔레스타인 문제는 걸프전 이후 클린턴 정부가 들어서면서, 1993년 평화협정(오슬로협정)으로 새로운 전기를 맞게 됩니다. 이스라엘은 과거 이집트 영토인 시나이반도를 이집트에 돌려주고, 사해를 요르단에 반환하게 되었죠. 그리고 요르단강 서안의 팔레스타인 지구의 자치를 인정하게 됩니다. 또한 요르단강을 사이로 이스라엘과 요르단의 평화선인 그린라인을 형성하게 됩니다.

그러다가 2001년 9월 11일 뉴욕과 워싱턴의 테러사건이 발생하여, 중동의 평화가 허구임이 세상에 다시 알려지게 된 것이죠. 그때 그 장면을 아직도 잊을 수가 없습니다. 그 어떤 할리우드 액션도 그럴 수 없었죠. 비행기가 쌍둥이건물을 뚫는 장면은 21세기 최대의 사건으로 기억될 것입니다. 그후로 미국은 전세계를 무대로 한 '테러와의 전쟁'을 선포했지만, 폭력을 또다른 폭력으로 응징하는 이 아이러니는 어떻게 보아야 할까요?

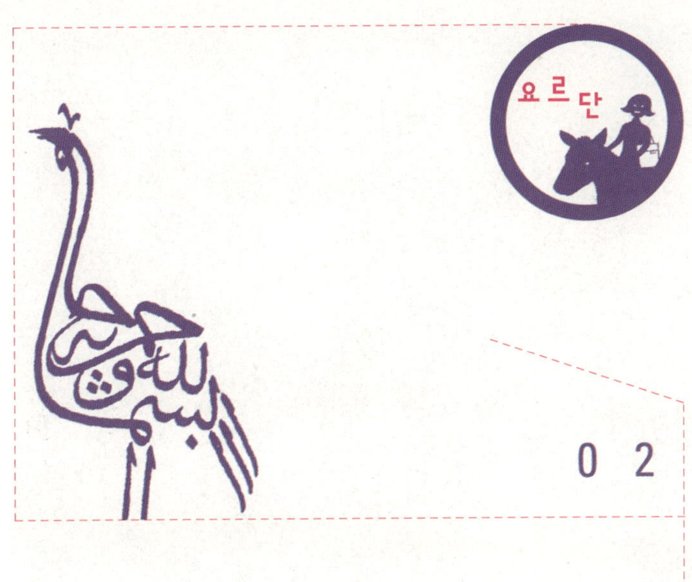

수도 암만의 모스크

눈과 비를 뚫으며, 털털이 택시를 타고 사막길을 달려 도착한 곳은 요르단의 수도 암만입니다. 암만은 다운타운인 구도시와 그 주변의 도시로 형성되어 있습니다.

구도시는 오래되고 다소 지저분한 느낌이 드는 반면, 대학을 중심으로 하는 신도시는 유명한 브랜드의 패스트푸드점이 경쟁하듯 즐비하게 늘어서 있습니다. 신도시에 있는 모스크는 새로 지은 건물이라 규모가 웅장하지만, 구시가지에 있는 작고 아담한 모스크가 더 주변 풍경과 잘 어울리는 것 같습니다.

히자브를 쓴 여인들과 터번을 두른 남자들이 신비롭게 보입니다. 이슬람 사원인 모스크에서뿐만 아니라, 어디서고 이들이 하

암만 구시가지 전경.

루에 다섯 번 기도하는 모습을 쉽게 볼 수 있구요.

값싼 호텔은 역시 구시가에 몰려 있죠. 우리는 프린스 무함마드 거리의 클리프 호텔에 숙소를 정했습니다. 세계의 배낭여행자들이 모이는 저렴한 유스호스텔이죠.

이슬람 여성들에 대한 선입견

암만 시내의 여성들은 대부분 히자브를 씁니다. 이슬람은 여성의 신체를 신성시한다는 이유와 남성들에게 성적 자극을 주면 안된다는 이유로 여성의 몸을 드러내지 못하도록 한답니다. 이런 이슬람 여성들의 모습이 제게는 자유와 권리를 박탈당한 불쌍한 여성의 이미지로 다가왔습니다.

온몸을 덮는 시커먼 옷 차도르뿐만 아니라 '1부 4처제' '여성할례' '명예범죄' 등이 이슬람의 여성차별과 속박의 대명사들입니다. 특히 행실이 단정하지 못한 여자를 오빠나 아버지가 사사로이 죽인다는 명예범죄는 사람을 오싹하게 하지요.

우리는 클리프 호텔에서 시리아 비자를 기다리며 며칠을 지냈는데, 이때 마침 우리처럼 시리아 비자를 못 받아 애먹고 있던 우리나라 대학생 오빠, 언니들을 만났습니다. 시리아는 우리나라와 외교관계가 없어 서울에서 비자를 받을 수 없거든요. 그래서 어쩔 수 없이 인접국가에 와서 받아야 하는데, 9·11테러 이후 미국 편을 드는 한국에 대해 요르단 주재 시리아 영사관에서 비자발급을 잘 해주지 않아 오래 기다릴 수밖에 없어요.

이 오빠, 언니들이 우리에게 선물로 준 책이 『이슬람의 두 얼굴』(김동문)입니다. 저자가 요르단에서 오래 생활한 체험을 바탕으로 쓴 책인데, 이슬람 문화권이 나라마다 얼마나 다른가를 잘 기술하고 있습니다. 배낭에 넣어 가지고 다니며 재미있게 읽은 『이슬람의 힘』(권삼윤)도 이슬람에 대한 편견, 특히나 이슬람 여성에 대한 선입견을 없애는 데 많은 도움을 주었습니다.

차도르에 대한 두 가지 이해방식

이슬람 여성이 혼자서 여행한다는 것은 상상도 못하지요. 남편과 함께 여행을 나선 이란 여성이 같은 호텔에 있어서 우리는 그들과 가끔 마주칠 기회를 갖게 되었습니다. 저에겐 그 여성이 호기심과 관찰의 대상이었지요. 한번은 옆테이블에서 식사를 하고 있었는데, 입을 가린 천을 밥 먹을 때까지도 그대로 착용하고 있는 것이 아니겠습니까! 도대체 어떻게 밥을 먹으려는 건지 궁금하지 않을 수 없었지요.

그런데 뭐, 간단하더군요. 음식을 입에 넣을 때 재빨리 천을 들어올려서 먹고 다시 내리는 것이었습니다. 맛있는 밥을 저렇게 먹으면 도대체 무슨 맛이 있을까 안타까웠어요. 저렇게 하루만 살아도 정신이 이상해질 것 같았습니다.

처음 보는 광경이라 신기하기도 하고 기가 막히기도 해서 빤히 쳐다보고 있었더니 부모님께서 '민망해하니 자꾸 보지 말라'고 핀잔을 주십니다. 요조숙녀인 내 눈에도 이렇게 안쓰럽게 보이는

데, 자유분방하게 자란 서양
여성들이 인권탄압이라는 둥
야만인이라는 둥 하는 말을
안할 수 있겠습니까.

그런데 제가 여행을 통해
서 안 것은, 이슬람의 모든
국가가 이러한 것은 아니라
는 점입니다. 이집트나 요르단은 이란이나 이라크와는 많이 달라
서 히자브를 두르고 안 두르고는 여성의 자유입니다. 터키는 히
자브를 금지하고 있을 정도입니다.

문제가 되는 곳은 과격한 근본주의로 무장한 탈레반 정권하의
아프가니스탄이었죠. 그곳의 여성은 아예 천으로 온몸을 덮어버
립니다. 남성들이 그렇게 요구하기 때문이죠. 몸은 그렇다 치더
라도 눈 부분까지 그물망으로 가리는 겁니다. 이걸 부르카라고
부른다지요.

인권단체는 이러한 아프가니스탄 여성의 부르카 착용을 금지
하라는 운동을 벌이고 있습니다. 여성으로 태어난 것이 이렇게
구속받아야 할 이유가 될까요. 그런데 김영희 교수님이 쓴 글「아
프가니스탄 여성: 이미지와 현실」(『창작과비평』 2002년 가을호)을 읽
으면서 아프가니스탄 여성에 대한 이러한 이미지도 결국 서구인
들의 창조물임을 알고 큰 충격을 받았어요.

그럼 우리나라는 어떨까요?『이슬람의 힘』의 저자 권삼윤 아저
씨는 우리 한국 여성을 꼬집고 있는데, 내 몸은 내 것이라고 하면

서 남에게 보여주기 위해 다이어트니 성형수술을 하며 몸매 가꾸기에 온갖 정성을 쏟는다는 것입니다. 이란은 이러한 서구식 생활방식을 '성의 상품화'라고 비판합니다. 어떻게 생각하세요? 딱 잘라서 아니라고 말할 수는 없을 것 같네요. 우리의 모습을 정확히 잘 꼬집은 말이라 생각됩니다. 그 책에 소개된 한국의 한 이슬람교도 여성은 차도르에 대해 이렇게 말합니다.

차도르를 착용하면서부터 나는 내 몸이 완전히 내 것이 됨을 느꼈다. 이제야 나는 다른 남성들이 내 육체가 아닌, 내 내면을 진지하게 받아들이고, 그로 인해 나를 존중하고 함께 의견을 교환하고 있음을 느낄 수 있다. 눈에 보이는 육체가 너무나 많은 것들을 방해하고 있다는 사실도 이제야 알았다.

어쩌면 진정 자신의 몸에 대해 자유로운 것은 이슬람 여성인지도 모릅니다. 제가 말하고자 하는 것은 부르카나 차도르의 착용이 옳다는 것이 아니라 그저 외모에서만 아름다움을 찾고자 하는 뭇 여성들보다 자유로울 수 있다는 것이죠.

제가 늘 못마땅하게 여기는 것 중의 하나가 바로 외모지상주의랍니다. 제 주변에도 잘생기고 예쁘면 전부인 것으로 아는 친구들이 꽤 많거든요. 면접준비 코스에 성형수술이 있다는 것은 도대체 어느 나라에 있는 일입니까! 어찌 되었든, 차도르의 착용이 다른 시각에서는 이러한 의미도 가진다는 것을 잊지는 말아야 할 것 같군요.

아무튼 베일에 싸인 아랍 여성들을 가까이서 보니까 그들은 피부가 약간 가무잡잡한 미인들이더군요. 특히 눈이 매력적인데, 아랍 여성의 속눈썹은 여성이면 누구나 부러워할 정도로 엄청나게 길거든요. 아랍 여성이 신비하게 보이는 것은 바로 이 긴 속눈썹 때문일 것입니다.

그런데 이 긴 속눈썹이 사막기후에서 먼지나 모래 등이 눈에 들어가는 것을 방지하기 위해 자연스럽게 생겨난 것이라는 설명을 듣고 참으로 그럴듯하다고 느꼈습니다. 필요가 공급을 창출한 것이지요. 아빠와 언니는 재작년 티베트와 씰크로드를 여행하였는데, 티베트 사람은 거의 예외없이 모자를 쓴다고 합니다. 모자는 가만히 서 있을 수 없을 정도로 따가운 태양 아래서 그늘 역할을 하는 실용품이라는 것이죠.

유심히 살펴보면 이슬람 여성들의 히자브에도 패션이 있고, 요르단 여대생들의 차도르 안쪽으로는 서구 여성 못지않은 유행이 흐릅니다. 차도르 속의 여성옷은 엄청나게 화려하니까요. 그리고 가정에서는 여성이 아주 자유스럽다고 합니다. 『꾸란』(코란)은 '여성의 장'을 별도로 두면서까지 여성에 대한 배려를 아끼지 않는다고 하구요. 단지 겉으로 보이는 모습만으로는 그 진실을 찾기가 힘들다는 사실을 다시 한번 깨닫게 되었답니다.

1부 4처제의 비밀

우리 아빠가 너무 젊어 보여서일까요. 어떤 무슬림이

아빠를 보고, "당신은 아내가 셋이냐?"라고 물었습니다. 엄마와 언니 그리고 저까지 세 여자와 함께 다니는 아빠를 보고 이렇게 물은 것이겠지요. 아빠의 짓궂은 대답은 "한국에 둘 더 있소!"였습니다. 그러자 이어지는 무슬림의 질문. "당신이 그렇게 강하냐?"라는 것이었지요. 아빠는 "그러면 당신은 아내가 넷이냐?"라고 하자, 이 아저씨도 "그렇다"라고 응수하여, 우리를 재밌게 한 적이 있습니다.

그런데 우리가 알고 있는 1부 4처제는 어떤 것일까요? 이슬람 남자는 모두 여러 여자를 거느리고 사는가? 대답은 "아니오"입니다. 지금 이슬람국가에서 실제로 1부 4처제의 예를 찾기는 힘들다고 합니다. 1부 4처제는 우리 생각처럼 남성우월주의나 부의 과시용, 그리고 여성착취가 아니었습니다.

오히려 이슬람 이전 아랍세계는 유목민족의 특징인 모계중심의 일처다부제 사회였다고 합니다. 1부 4처제는 무함마드의 지시로 처음 시작된 것이라고 합니다. 그러면 왜 무함마드는 1부 4처제를 지시했을까요?

무함마드가 이슬람교를 포교하던 당시만 해도 아랍민족은 다신교사회로서, 유일신을 믿는 사람들과 충돌이 불가피하였죠. 현 사우디아라비아의 메카에서 전도를 시작한 무함마드는 반대파의 박해를 피해 메디나로 피신하여(헤지라) 차츰 세력을 확대하고, 이른바 이슬람 전파를 위한 성전(지하드)을 벌입니다.

계속된 성전으로 전사자가 속출함에 따라 생계가 막연한 미망인과 고아의 증가가 사회문제로 등장하게 된 것이죠. 이러한 때

에 무함마드가 고아와 미망인을 구제할 방법으로 일부다처제를
제시한 것입니다.

일부다처제라고 해서 그 가장을 부러워할 필요는 없겠지요?
많은 식구를 먹여살리자면 평생을 쉬지 않고 일해야 할 테니까
요. 무함마드 자신도 열 명의 부인을 두었는데, 성전 후에도 이런
풍습이 이어진 것이죠.

이슬람은 가정과 가족을 중시하고 가부장의 권위를 지키며, 손
님접대 등 예의범절을 강조한다는 점에서 유교문화와 매우 흡사
하다는 사실도 알았습니다. 요르단 여행을 통해 이슬람을 편견
없이 이해하기 위해서는 열린 마음이 필요함을 절실히 느꼈죠.

이슬람의 본질

암만에 체류하는 내내 비가 내렸습니다. 그래서 책이
나 읽으며, 호텔에서 죽치고 있는 수밖에 없었는데, 이곳 암만 사
람들은 참으로 소박하다고 할까, 하여간 다른 나라와는 분명 다
른 무엇이 있습니다. 배낭여행족들은 그 나라 사람들이 어떤 사
람인지 먼저 피부로 알게 됩니다. 다들 터키 사람들이 그렇게 좋
다고 말합니다.

그런데 우리는 터키보다도 이곳 요르단 사람들에게서 더 좋은
인상을 받았습니다. 유럽인들 같은 엄숙함도 미국인들 같은 자유
분방함도 아닌, 뭔가 정연한, 그러면서도 내면의 평화 같은 게 느
껴진 거죠. 이것이 이슬람의 영향일까? 나는 이슬람이 무얼 가르

치는 종교인지 궁금해지지 않을 수 없었습니다.

　서구인이 비판하는 이슬람은 그들의 시각과 잣대로 본 것이 아닐까, 마치 개고기 먹는 한국인을 미개인이라며 비판하는 것처럼 말이에요. 그러나 개고기 먹고 안 먹고가 우리나라 사람의 본질과는 아무런 상관이 없듯이, 아랍인들의 전통과 습속은 이슬람의 본질과는 또다른 차원의 것이란 생각이 듭니다.

　그러면 이슬람의 본질은 무엇일까요? 이슬람의 주요 강령 여섯 가지와 이슬람의 의무 다섯 가지를 보도록 할까요?

■ 이슬람교의 종교적 신앙

1. 유일신 알라

2. 가브리엘을 비롯한 천사들

3. 경전(모세5경, 다윗의 시편, 예수의 복음서, 무함마드의 꾸란)

4. 예언자들(아담, 노아, 아브라함, 모세, 예수, 무함마드)

5. 최후의 심판일에 이루어지는 부활

6. 우주의 삼라만상이 알라의 의지에 따른다는 믿음

■ 이슬람교의 종교적 의무

1. 소리내어 신앙증언 하기("신은 오직 알라이며 무함마드는 그의 예언자다.")

2. 하루에 다섯 번 예배하기(새벽, 정오, 오후, 해질녘, 밤)

3. 가난한 사람 돕기(한때는 자발성이 강했지만 지금은 의무사항)

4. 이슬람력으로 9월에 해당하는 라마단 기간에 금식하기

5. 성지 메카 순례하기

이슬람은 복종·평화 등의 뜻이며, 복종하는 사람을 무슬림이라 합니다. 그러니까 이 강령에 따르고 이 의무에 충실한가 여부에 따라 이슬람이냐 아니냐가 결정됩니다. 그밖의 것은 이슬람과는 직접 상관이 없는 것이죠. 그럼 이슬람교의 창시자에 대해 알아볼까요?

예언자 무함마드

무함마드는 유일신 알라의 예언자입니다. 유복자로 태어나 불우하게 자란 무함마드는 상인이 되어 큰돈을 법니다. 그러나 40세가 되어, 당시 사회의 혼란과 부조리를 보며 깊은 회의에 빠지게 되고, 참된 삶을 추구하다가 마침내 알라신을 알고 알라의 예언자가 되어 이슬람을 전파하게 되죠.

당시 무함마드가 본 것은 백성들의 가난한 삶과 황금만능사상입니다. 돈과 출세가 최고인 세상이었지요. 오늘날의 세상과 다를 바 없었나 봅니다. 그렇다면 무함마드가 살던 사우디아라비아는 왜 그런 세상이 되었을까요? 잠깐 교과서를 살펴볼까요?

셈족에 속하는 아랍인은 아라비아반도의 해안지방과 오아시스지대에서 부족을 중심으로 유목과 대상무역을 주업으로 하며 살았다. 6세기에 비잔틴제국과 사산왕조 페르시아의 대립으로 비단길이 막혀 동서교통이 곤란해졌다. 그 대신 팔레스타인, 이집트 방면에서 홍해를 거쳐 인도양에 이르는 바닷길을 이용하면서 번영하게 되었다.

이에 따라 아라비아반도의 서해안 연안이 발전하여 메카, 메디나와 같은 도시가 무역중계지로 번영하고, 이곳의 상인계급은 막대한 이익을 얻게 되었다. 그러나 이러한 번영은 일부 상업귀족들이 독점하여 일반민중의 생활은 도리어 곤궁하게 되었다. 이러한 사회적 모순을 배경으로 고통받는 민중은 새로운 종교의 출현을 갈망하게 되었다.

무함마드의 탄생 전후 아라비아반도의 사정이 교과서에는 이렇게 기술되었는데, 부연설명을 조금 해볼까요. 씰크로드를 통해 사람과 물자가 교환되었음은 우리가 잘 아는 사실이죠. 그런데 6세기 들어 사정이 달라집니다. 서쪽 비잔틴제국(동로마제국)과 동쪽의 사산조 페르시아 간의 대립이 격화됨에 따라 대상(캐러밴)들이 위험하다며 홍해를 거쳐 아라비아반도를 경유하는 남방루트를 새로이 개척한 것입니다.

남방루트는 사막길이며 현지인의 도움이 필요한데, 이들을 도운 것은 유목민인 베두인(Bedouin)족이 아니라 '하다라'라 불리는 도시의 정주민이었습니다. 이 덕분에 남방루트상에 위치한 메카가 크게 발전하였던 것이죠.

그러나 물질이 넉넉해지면, 정신은 늘 혼란해지게 마련인가요? 동시에 사람들의 도덕관과 생활태도도 변하게 됩니다. 돈버는 데만 급급하였으며, 부족의 연대의식과 상호부조 정신은 팽개쳐버린 것입니다. 돈이 정의이며, 부패가 넘쳐났습니다. 약소계

충, 고아, 빈자가 거리에 넘쳤다고 하는데, 무함마드는 이러한 모
순시대에 메카에서 탄생한 것입니다.

사상이나 종교는 사람들이 혼란스럽고 고통스럽게 사는 시기
에 출현한다고 하죠. 우선 공자의 경우, 위아래가 없이 신하가 군
주를 경멸하는 무질서한 춘추시대에 자신이 생각하는 '이상적인
질서'를 추구하게 됩니다. 석가모니도 인간의 고통스러운 상태를
해결하기 위해 고민한 사람이며, 당시 브라만 중심의 종교를 평
민 중심의 종교로 개혁한 사람이라고 할 수 있죠. 소크라테스도
그리스의 기준 없는 삶, 물질만능적 삶, 출세 위주의 삶에 앎을 통
한 행복의 기준을 제시한 사람입니다.

마찬가지로 무함마드도 그들의 삶의 원형을 추구하며 당시의
모순을 해결하려 했던 사람이라는 것이죠. 영원한 것을 사모하
고, 고통받는 사람들에 대한 연민을 느끼는 것이 종교창시자들의
공통점인 것입니다. 쉽게 말해, 혼란한 시기에 태어나 사람들의
영혼을 구제하려 했던 대단하신 분들이지요.

아무튼 무함마드는 왕자의 삶을 버리고 진리를 찾아나선 석가
모니처럼 부와 명성의 안락함을 버리고 진정한 삶에 대해 고뇌한
사람이었죠. 그가 산 시대적 배경과 이슬람교의 창시를 교과서는
다음과 같이 얘기하고 있습니다.

7세기 중엽 아라비아반도에 이슬람교가 출현하여 세계의 역
사에 커다란 변화를 가져오게 되었다. 본래 아랍인은 다신교를
믿었으나 유대교와 크리스트교가 전파되면서 원시적인 다신

교에 회의를 갖게 되었다. 이러한 때에 메카에서 출생한 마호메트(570~632)는 각지를 여행하면서 일신교 사상을 체험하고, 이를 바탕으로 이슬람교를 창시하였다(610).

무함마드는 나이 마흔이 되어 메카 근교의 히라산에 올라 동굴 속에서 깊은 고뇌에 빠져듭니다. 역시 보통사람과 다르긴 많이 다르죠. 그러던 라마단(아홉번째 달)의 어느날, 깊은 밤중에 무함마드는 천사장 가브리엘의 음성을 듣습니다. "외쳐라" "읊어라" 뭐 이런 거라 하는데, 글을 모르는 일자무식인 무함마드는 가브리엘이 일러주는 말을 낭송했으며, 그의 손에 이끌려 그날 밤, 달과 별이 뜬 깊은 밤에 예루살렘의 모리아산으로 날아갑니다.

그곳에서 승천하여 노아·아브라함·야곱·모세 등 선지자를 만나고, 다시 지상에 내려와 예언자로서 이슬람교를 선포하게 되는 것입니다. 그래서 이슬람은 이날 밤을 기념하여 자신의 상징을 달과 별로 하고 있습니다. 이슬람국가의 국기를 보면 달과 별이 많잖아요?

그후 무함마드가 죽을 때까지 20여년간 계시와 환영이 뒤따랐으며, 무함마드가 전한 계시의 말을 신도들이 기억하였다가 기록한 것이 『꾸란』인 것입니다. 『꾸란』에 대해 교과서는 다음과 같이 기술하고 있습니다.

이슬람교도들은 마호메트의 가르침을 모아 이슬람교의 경전인 코란을 편찬하였다. 코란은 경전일 뿐 아니라, 이슬람교

가브리엘의 안내를 받아 천마를 타고 날아가는 무함마드.

도의 생활규범이며, 이슬람국가의 법률이기도 하여 절대적인 힘을 가지고 있다.

꾸란을 외우며 무함마드를 예언자로 받들고 알라신을 믿는 이슬람교도들은 불과 백년 만에 과거 로마제국의 영토를 다 정복합니다. 이와같은 급속한 이슬람 팽창을 무력정복이라고 알고 있죠? 그러나 이 또한 우리의 편견이었습니다.

한 손에는 칼, 한 손에는 꾸란

우리가 학교에서 배운, 이슬람의 영토정복에 관한 유명한 말은, '한 손에는 칼, 한 손에는 꾸란'이죠. 그러니까 무력으로 세계를 정복했다는 것이죠. 그러나 여행지에서 만난 사람들은 하나같이 이슬람의 무력정복을 부인했습니다. 일단 정복한 곳에서는 세금을 내도록 했는데, 이슬람을 받아들이는 사람에게는 세금을 면제했다는 것이죠. 이슬람세계가 확대될 수 있었던 진정한 이유는 무엇일까요?『세계사신문』에 실린 「19세기 이슬람교도의 항변」이란 글을 잠시 인용해볼까요.

최근 영국의 역사학자 칼라일은 8세기에 이슬람세력이 급성장한 비결이 "한 손에는 칼, 한 손에는 코란"에 있다고 했다. 우리 이슬람세력이 무력을 앞세워 이슬람교로 개종을 강요하고 그렇지 않으면 무자비하게 탄압했다는 얘기다. 천만의 말씀!

역사상 그런 죄악을 저지른 자들은 오히려 칼라일이 속한 유럽의 크리스트교도들이다. 십자군 원정 이래 그들이 세계를 누비며 '이교도'에게 가한 탄압의 칼날은 모질고 사나웠다.

반면, 우리 이슬람에서는 관용의 정신이 부족했던 옴미아드 왕조조차도 무력으로 종교를 강요하지는 않았다. "이슬람인가, 지즈야인가, 칼인가." 지즈야란 피정복민이 내야 할 세금, 즉 조공을 말한다. 다시 말하자면 이슬람으로 개종할 것인가 아니면 조공을 바칠 것인가를 선택하라는 것이다. 그도 저도 아닐 경우 무력으로 침공할 수밖에 없다는 경고였다. 실제로 당시 많은 지역에서 지즈야를 바치기로 하고 신앙과 재산의 자유를 보장받았던 것을 역사는 증명한다.

모든 이슬람교도는 신앙을 수호하고 확대하는 성전인 지하드의 의무를 가집니다. 이러한 성전은 강압적인 이슬람교로의 개종을 연상시키지만 실제로는 세금 납부를 조건으로 한 것이어서, 피정복민은 각자의 종교를 유지할 수 있었다는 거죠.

특히 비잔틴제국과 사산조 페르시아의 수탈과 착취에 시달리던 이 지역 주민들은 이슬람의 진출을 오히려 환영했답니다. 따라서 이슬람세계는 빠르게 확대되고, 그 문화도 급속히 전파될 수 있었다고 합니다. 그러니까 '한 손에는 칼, 한 손에는 꾸란'이란 말은 이슬람을 과격한 세력으로 몰아가는 어두운 함정이 숨겨진 말인 것이며, 이슬람에 대한 또다른 편견을 일으키는 말인 것입니다. 편견이라는 것. 참 무서운 녀석이죠?

이슬람의 영토확장과 발전

무함마드께서 세상을 떠난 이후 이슬람제국은 그의 후계자인 칼리프의 시대로 들어갑니다. 동방으로는 사산왕조 페르시아를 멸하고, 서쪽으로는 이집트와 아프리카의 북쪽 해안을 거쳐, 8세기 초에는 이베리아반도의 서고트왕국을 정복하죠. 그들은 중앙아시아에서 대서양 연안에 이르는 강대한 이슬람제국을 건설합니다. 조금 더 읽어볼까요?

그러나 칼리프의 상속문제로 내분이 일어나자 시리아 총독인 무아위야는 스스로 칼리프가 되어, 다마스쿠스에서 옴미아드왕조를 세우고 서방 경영에 주력하였다. 8세기에 들어와 옴미아드왕조는 중앙아시아로 진출하여 팔라스 전투에서 당나라 군대를 격파하고 인도의 서북지방을 정복하였다.

여기서 중요한 사실은 이슬람(옴미아드왕조)이 중앙아시아로 진출하였을 뿐만 아니라 더 나아가 위구르족이 사는 중국 서부의 신장까지 세력을 떨쳤다는 점입니다. 후에 비잔틴제국을 정복하는 오스만투르크도 그 조상이 몽골지역의 유목민이었는데, 유목민인 투르크족은 초원을 찾아 중앙아시아로 진출하였고, 당시 중앙아시아의 이슬람을 받아들여 무슬림이 된 것입니다.

그러면 이슬람문화의 종합성을 상징하는 걸작품 『아라비안나이트』는 어느 시대 작품일까요? 아라비안나이트의 무대는 압바스왕조의 바그다드입니다. 압바스왕조는 이씨왕조 하는 식의 새

왕조인데, 옴미아드왕조를 멸망시키고 무함마드의 후손 압바스 이슬람세력의 확대.
를 칼리프로 옹립한 왕조입니다. 동칼리프라고도 하지요.

바그다드는 오늘날 이라크의 수도입니다. 티그리스강과 유프
라테스강이 흐르는 메소포타미아문명의 중심지로서 고대 바빌
론시대에 느부갓네살왕이 유대민족을 포로로 잡아올 만큼 강성
했죠. 그러나 이 천일야화의 도시 바그다드는 13세기 중엽에 몽
골족에게 멸망합니다.

당시 화려했던 바그다드는 몽골족의 침입으로 완전 파괴되고
마는 거죠. 아이구, 애석하기도 하지! 남의 문화를 깡그리 뭉개버
리다니! 몽골족은 사람들이 황인종만 봐도 벌벌 떨 정도로 무서
운 파괴와 약탈을 일삼았는데, 바그다드도 철저히 파괴하고 만
것입니다.

현재 이라크는 미국과의 대결로 곤경에 처해 있는데, 경제봉쇄와 함께 항공로도 차단당해 오로지 육로로만 갈 수 있는 곳이죠. 요르단의 수도 암만에서 버스로 스물두 시간 걸립니다. 물론 여행객은 자유롭지 못합니다. 국경에서부터 기관원이 호위하여 지정된 곳만 볼 수 있을 뿐이라고 합니다. 관광산업은 굴뚝 없는 공장이라고 하던데, 이 나라는 예외인 듯하군요.

그래도 암만의 여행사를 통해 이라크로 가려 하였으나, 비용이 장난이 아닙니다. 4박 5일에 일인당 800달러(약 100만원)! 4인 가족이면 3200달러, 유럽여행 30일간 경비의 절반! 결국 이라크행을 포기할 수밖에요.

암만의 친절한 무슬림

어김없이 아잔이 시간에 맞추어 다시 시내에 울려퍼지고, 모스크 안에서는 알라신께 기도하는 사람들이 머리숙여 절을 하는 풍경이 어우러집니다.

그런데 사람들은 모스크에서만 절을 하는 것은 아니더라구요. 이발소의 아저씨도 그 좁은 이발소에서 엎드려 예배드리고, 제라시에서 본 근로자들도 일을 하다 말고 공사터에서 절하는 걸 보았습니다. 정말 무슬림은 종교와 삶이 하나되어 있었어요. 크리스천이라면서 배고프면 기도도 안하고 밥 먹는 저 자신이 참 부끄러워지더군요.

암만의 무슬림들은 무척 친절한 사람들입니다. 그들이 보여준,

진정한 우호의 태도는 글로 표현하기가 어렵습니다. 암만 도착 첫날, 우리는 서민들이 즐겨 찾는 식당에서 값싼 음식을 먹었는데, 우리를 바라보는 그 사람들의 눈빛과 몸짓에서 따뜻함을 느꼈습니다. 이런 느낌은 정말이지 말로 설명하기가 어려운 부분입니다.

또 한번은 저녁에 생선을 먹기 위해 우리의 숙소 아래에 있는 생선가게를 찾았습니다. 요리도 해주는 곳인 줄 알았는데, 생선만 파는 곳이었습니다. 그런데도 주인아저씨께서는 좁은 곳이지만, 자리를 마련해주고 요리까지 해주시더라구요. 거기에다가 비와 눈이 오고 있는데도

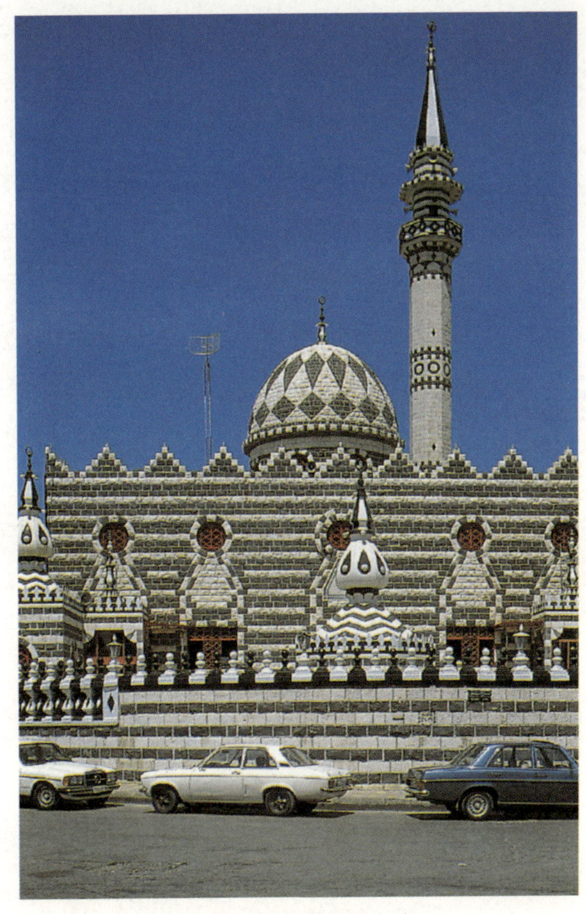

달려가서 빵과 소스까지 마련해주신 겁니다. 생선을 사러 온 손님들도 웃으며 인사를 건넵니다.

무엇보다도 저와 언니는 생선가게 아저씨의 잘생긴 외모와 친절함, 말이 안 통해서 오는 신비로움(?)과 요리솜씨 때문에 이 아

저씨 팬클럽을 만들어야 한다고 쑥덕거렸죠. 이곳 사람들은 포크나 수저 없이 손으로 음식을 먹는데, 손님 중 한 분이 빵을 이용해서 음식을 집어먹는 법까지 직접 시범을 보여주었습니다. 이것이 외국인을 위하는 진정한 친절의 마음이란 생각이 들었습니다.

로마가 개척한 도시유적이 많이 남아 있는 제라시에 가기 위해 압달리 버스정거장에서 시외버스를 탔을 때도, 승객들이 우리를 바라보는 시선에는 이상하게 안온함이 담겨 있었습니다. 택시요금도 정직하게 받으며, 구도시는 좀 지저분하지만 신도시는 비교적 깨끗하고, 교통의 흐름도 정연한 질서체계와 신호에 의해 이루어집니다.

어쩌면 저는, 요르단이란 나라를 미개하게 생각했는지도 모릅니다. 나귀와 말이 다니고, 도로는 포장되지 않은 농업국가 말입니다. 오, 이 나의 어리석음이여! 알라신이여 용서를!

무슬림이 보는 한국

그렇다면 요르단의 무슬림들은 우리나라를 어떻게 생각할까요? 요르단에서 입국심사를 받을 때, 한국인인 우리를 보고는 대뜸 '쿵후!'와 '주도(유도)!'를 외치는 것을 보고, 조금 씁쓸한 생각이 들었습니다. 쿵후와 유도가 뭐 우리나라 것이던가요. 올림픽 정식종목으로 채택된 태권도를 모르다니! 하긴 요즘에는 월드컵으로 유명해졌겠죠. 그렇다면 이런 스포츠말고 이 사람들이 기억하는 우리나라는 어떤 나라일까요.

"어느 나라에서 왔습니까?" 누군가 이렇게 물으면, 우리는 "코리아!"라고 대답하지요. 그러면 바로 추가질문이 이어집니다. "South or North?" 저는 이 질문에 처음에 굉장히 황당했습니다. 우리는 느끼지 못하고 살지만, 세계에 유일한 분단국가가 바로 한국이구나. 우리는 이렇게 대답을 해야 했죠. "우리는 코리아에서 왔습니다. 코리아는 둘이 아니라 하나입니다!"

더구나 요르단 사람들이 남한을 보는 시선이 그리 곱지만은 않다는 사실을 아는 데에는 그다지 오랜 시간이 걸리지 않았습니다. 월남전 때 한국이 미국을 도와 군인을 보냈다는 사실까지 기억하는 이들이었습니다.

미국을 추종하는 우리나라가, 아니 어쩌면 이들 눈엔 미국의 식민지쯤으로 보일지도 모를 우리나라가 예쁘게 보일 리 없다는 거죠. 미국 하면 모든 악의 근원이라며 치를 떠는 이곳 중동의 서민들에게 "우리는 남한에서 왔어요"라고 말하는 게 얼마나 곤혹스러운지(그렇다고 한국인을 쏘아본다거나 하는 것은 아니니 너무 걱정은 마시길).

나중에 일어난 일이지만, 여중생 사망사건으로 광화문 일대를 가득 메운 촛불시위대를 그 사람들이 언론보도를 통해 보았다면 좀 다른 시각으로 우리를 볼지도 모를 일이죠.

요르단에서 시리아로 들어갈 계획을 세운 우리는 시리아 비자를 얻기 위해 대사관의 협조문이 필요했고, 이 협조문을 구하기 위해 직접 요르단의 한국대사관을 찾아갔습니다. 머나먼 이국땅에서, 바람에 펄럭이는 태극기를 봤을 때의 그 감정은 뭐라고 할까. 흐뭇함이랄까 반가움이랄까. 건물도 꽤 크고 좋았습니다. 각 나라의 대사관은 대개 한곳에 모여 있는데, 대사관의 규모나 크기를 보면 그 나라가 차지하는 비중을 알 수 있죠.

시리아와 우리나라는 수교도 없고 적대국이기 때문에 쉽게 비자를 내어주지 않습니다. 미국에 우호적인 우리나라는 (이들 아랍인의 입장에서 보면) 적의 친구가 되는 것이죠. 이렇게 얽힌 관계인지라 시리아 비자를 받으려면 대사관의 추천장이 유리하게 작용한다는 겁니다. 그런데 대사관에서는 "왜 국교도 없고 위험한 시리아에 들어가려 하는가"라고 의아해했습니다. 결국 공식적인 협조를 받지는 못하고, 여행사를 통해 비자를 받아보라는 정보만 얻었습니다.

비는 그칠 줄 모르고, 결국 시리아 비자도 받지 못한 채 꼼짝없이 호텔방에 갇힌 신세가 되었지만, 그래도 이곳이 싫지 않은 것은, 여기 사람들이 보여준 따뜻한 미소와 친절 때문일 것입니다. 오후에는 묻고 물어서 PC방을 찾아가 강릉에 있는 친구들에게 메일을 보냈습니다. 세 평 남짓한 작은 규모의 방에 열 대의 컴퓨터가 있었는데, 두 대는 한글사용이 가능했어요. 인터넷 속도가 너무 느려 속이 터질 뻔했지만, 그리워할 수 있는 고국과 그 고국에 친구가 있다는 것만 해도 또 얼마나 큰 축복인가요.

페트라, 붉은 장미의 도시

요르단을 몰랐다고 해도, 요르단에 있는 이것만은 꼭 알아야 하는데 그것이 바로 붉은 장미의 도시(Red Rose City) 페트라입니다. 붉은 장미의 도시라 불리는 것은 이 도시가 장밋빛 암벽으로 이루어져 있기 때문이죠.

무려 천년이나 숨겨져 있다가, 1812년에 스위스 탐험가 요한 루트비히 부르크하르트에 의해 발견되어 아직도 발굴 조사중인 신비의 도시입니다. 도시라 하니까, 어떤 문명을 생각하시겠죠? 그러나 페트라는 그런 도시가 아닙니다. 온통 붉은 바위로 이루어진 도시입니다. 꼭 가보셔야 할 곳입니다. 강추!

역사의 흐름에서 사라졌거나 망각된 문명과 도시는 무척 많지

협곡의 틈새로 갑작스레 모
습을 드러내는 장밋빛 트레
저리.

요. 터키의 트로이문명과 히타이트문명, 그리고 그리스의 미케네문명 등이 다 오랜 세월 역사의 뒤편에 파묻혔다가 근래에 발굴, 조명된 것들입니다. 저는 지금 그런 잊혀진 왕국 중의 하나인 요르단의 나바테아왕국을 찾은 것입니다.

나바테아왕국은 성서에 등장하는 에돔왕국 시대의 캐러밴들이 정착하여 이룩한 왕국입니다. 그 수도 페트라는 천년이나 와디 무사(모세의 계곡이란 뜻) 속에 숨겨져 있던 것이구요. '와디'는 지리시간에 배운 말이죠? 건조기후에서 강우시 형성되는 일시적 하천으로 평상시는 물이 말라 교통로로 이용되잖아요.

페트라는 예멘, 메카, 팔레스타인을 잇는 국제무역의 연결지점으로서 번창한 도시입니다. 그러나 깊은 계곡 속에 자리한 이 도시도, 로마인의 지배를 피해갈 수는 없었던 모양입니다. 로마인들이 물길을 끊어버렸기 때문에 천연요새 페트라도 더이상 저항할 수 없게 되어 106년 로마제국에 점령당한답니다. 그후 비잔틴시대를 거쳐 7세기경에 지진으로 폐허가 된 뒤 무려 천년 동안이나 잊혀진 채, 페트라는 요르단 어느 깊은 계곡 속에 조용히 숨쉬고 있었습니다.

역사시간에 배운 요르단에 관한 지식은 거의 없죠. 아니, 아예 없죠. 다만 인터넷을 통해 몇가지 자료를 본 것이 전부이니 페트라를 알고 있을 리 만무했죠. 페트라가 영화 「인디애나존스 ― 마지막 성배」의 배경이라는 것밖에는 말입니다. 그런데 정말 놀라운 일이 벌어졌어요.

'시크(Siq)'라고 불리는 좁디좁은 2킬로미터의 협곡을 지나 갑

자기 눈앞에 나타난 밝은 장밋빛의 바위조각품 앞에서 우리는 동시에 '우와!'하고 탄성을 질렀습니다. 좁은 틈 속으로 반쯤 모습을 드러낸 페트라가 숨겨놓은 보물! '파라오의 보물창고' 트레저리인 것입니다. 직접 보시면, 그 감동(?)과 놀라움을 말로 표현할 길이 없음을 여러분도 아시게 될 거예요. 저는 지금 제 문장력이 모자람을 끔찍하게 실감하고 있는 중입니다.

트레저리가 전하는 감동

트레저리는 페트라의 유적 중 대표적인 것으로 전면에 여섯 개의 코린트식 석주가 서 있습니다. 중앙 출입구의 조각은 이집트의 이시스신을 상징하는데, 이곳은 이집트의 영향을 강하게 받았던 것입니다. 지붕 위쪽에 항아리가 있는데, 이 항아리가 당시 사막에 살던 베두인 사람들에게 관심의 대상이었답니다.

이들은 항아리 속에 이집트 파라오의 보물이 들어 있다고 생각했던 것이죠. 이것을 차지하기 위해 베두인 사람들은 항아리를 향해 총을 쐈지만 보물은 없었고, 애꿎은 독수리조각만 목이 댕강 잘려나가고 말았다나요. 이 트레저리는 보물창고가 아니라 바로 왕의 무덤이었던 것입니다. 세상에서 가장 아름답고 멋진 무덤이라고 감히 말하고 싶네요.

이토록 멋진 붉은 장미의 도시에는 수도원, 궁전, 원형극장, 열주로, 그리고 모세의 형 아론의 무덤 등이 있는데, 자세히 보려면 며칠은 잡아야 합니다. 최근에는 비잔틴 교회가 발굴되어 페트라

가 로마 가톨릭의 성지로 지정되기도 하였는데, 교회바닥에는 모자이끄가 선명하게 남아 있습니다. 인간과 인간, 인간과 자연 간의 평화를 나타내는 모자이끄 그림이라고 하는군요. 페트라는 아직 그 모습을 다 드러내지 않았습니다.

고등학생인 제가 보아도 사람들의 주거지임을 알아볼 수 있는 한 지역은 아직도 땅에 묻혀 있고, 앞으로 발굴될 유적들이 조용히 발굴팀의 손길을 기다리고 있습니다.

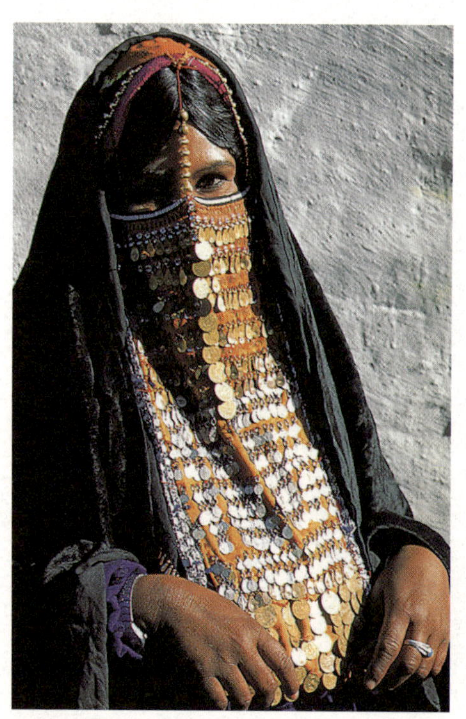
전통의상을 한 베두인 여성

사막에서 만난 베두인 사람들

페트라의 이 엄청난 분위기에 압도되어 사방을 둘러보는데 저쪽 평원 한곳에서 연기가 모락모락 피어납니다. 다가가보니 몇사람이 모여앉아 불을 쬐고 있었습니다. 어린아이들은 맨발로 뛰어다니고, 과자를 하나 쥐여주자 무척이나 좋아합니다. 이들이 바로 사막의 주인인 베두인 사람들이죠. 이들은 지금 시나이반도와 요르단사막에서 유목생활을 하는데, 화려한 도시생활보다는 자신들이 나고 자란 사막에서의 삶을 고수하는 민족입니다.

저는 저 자신의 관점에서, 이들을 이

리저리 재어보고선, '힘들게 살아가는 부족'이라 마음대로 판단
해버렸습니다. 그런데 차츰 제 생각이 변하더군요. 1분 1초가 바
쁘게 꽉 짜인 학교와 학원 시간표를 보면 이들은 얼마나 동정어
린 눈빛으로 저를 볼까요! 다양한 삶의 방식이 있고, 민족의 특성
이 있지 않을까요. 베두인 사람들이야말로 자신의 조상들이 살아
온 사막의 삶을 소중히 이어가는 진정한 자유인이 아닐까, 하는
생각이 든 것이죠. 이렇게 생각하니 그들이 존경스럽기도 하고
부럽기도 합니다.

9·11테러와 그후, 보복과 응징의 악순환은 이곳에도 큰 영향을
미치고 있었습니다. 가이드아저씨 말에 의하면 보통때는 한번에
200명쯤 놓고 안내를 했는데 테러와 보복사건 이후로 서양사람
들의 발길이 뚝 끊겨버렸답니다. 천년이나 숨겨져 있던 이 붉은
장미의 도시는 어지럽기만 한 인간세상과는 너무나 무관하게 이

토록 의연히 세월을 지키고 있는데도 말입니다.

만약 인류가 사막의 황량함 속의 아름다움과 페트라의 장밋빛에 물들 수 있다면 갈등은 평화와 화해로 바뀔 수 있지 않을까요. 저는 하루빨리 인류의 원한과 보복의 역사가 지구상에서 사라져, 이 페트라에도 많은 사람들이 찾아와 옛사람들의 발자취를 느끼고, 신비한 붉은 장미의 도시에 심취할 수 있기를 바라며 발길을 돌렸습니다.

요르단에서 한국을 바라보다

여행을 통해 '이슬람'이란 말이 주는 편견과 선입견에서 벗어날 수 있었다면, 여행은 너무나 소중한 것이 아닙니까! 특히 문화적 차이를 극복하고 이해하는 것, 이것이 여행의 선물입니다. 더 나아가 여행은 이러한 문화적 경험을 통해, 나와 내가 살고 있는 곳을 바로 바라볼 수 있게 해주죠.

앞에서도 말했지만 솔직히 저는 요르단을 좀 뒤떨어지고 미개한 나라 정도로 생각하고 있었습니다. 그러나 이곳 사람들의 순박함과 다감한 모습을 피부로 느끼면서 이 나라에 대한 편견을 벗을 수 있었죠. 근대화니 물질문명이니 하는 것들이 삶의 전부일 수는 없다는 생각도 하게 되었습니다.

그러면 다영이는 요르단에서 우리나라를 어떻게 다시 인식하게 되었을까요? 우리는 사회문화 시간에 근대화론에 대해 배웁니다. 선생님은 우리나라의 근대화에 대해 굉장히 비판적으로 설명을 하셨는데, 그땐 선생님의 말씀에 좀 저항감이 있었어요. 왜냐? 우리나라가 잘살게 된 건 박정희 대통령의 덕분이란 말을 꽤나 많이 들어왔기 때문이죠.

그런데 저는 이번 여행을 통해 우리가 근대화를 거치면서 자기 것의 소중함을 잊고 살았음을 분명히 알게 되었어요. 물론 서양이 몇백년 걸려 이룬 근대화를 단 30년 만에 이루어낸 건 사실이죠. 그러나 그런 근대화는 우리 것에 대한 열등감을 서구의 것으로 채워넣는 것밖에는 의미가 없었다는 생각이에요.

박정희 대통령은 우리나라의 초가집이, 꼬불꼬불한 비포장도로가 창피한 것이라 생각했거든요. 무조건 없애고, 그 자리에 서구식 양옥을 짓게 하고 새 지붕을 얹었죠. 그리고 하늘을 찌를 듯 빌딩을 높이 세웠죠. 그것이 곧 근대화요, 촌놈이 양반 되는 길이라 여긴 모양입니다. 제가 사는 강릉의 명소 오죽헌도 정말 옛모습은 온데간데없이 ‘성역화’되었는데, 건물 기둥이 온통 베이지색입니다. 대통령 부인 육영수 여사가 베이지색을 좋아했기 때문이라는 믿고 싶지 않은 이야기도 있구요.

제 또래의 많은 친구들이 높은 빌딩과 화려한 거리를 동경합니다. 특히 서울에 사는 친구들은 이런 면에서 저를 무척이나 답답하게 여깁니다. 그들은 제게 "네가 사는 곳은 백화점도 없고, 지하철도 없지 않느냐. 여의도공원은 가봤느냐"라고 놀려대기도 하죠. 피식 웃고 말지만, 우리 모두는 얼마나 우물 안 개구리로 살아가고 있습니까.

솔직히 제가 보는 서울이란 도시는 여느 친구들이 동경의 눈길로 바라보는 것과는 많이 다릅니다. 서울은 한국이란 나라의 수도일 뿐 '촌놈의 콤플렉스'로 동경하는 곳이 아닙니다. 사실 서울은 세계의 다른 수도들과 비교하면 정말 가고 싶지 않은 도시이거든요. 복잡한 교통상황, 높게 솟아 답답한 아파트와 건물들, 탁한 공기와 매연, 열섬현상, 외국인을 위한 표지판 하나 제대로 서 있지 않은 도시가 어떻게 살고 싶은 도시일 수 있을까요!

안타까운 것은 강릉, 아니 강원도에 살고 있는 많은 친구들이 자신이 얼마나 큰 것을 갖고 살아가는가에 대한 자부심이 없다는 것입니다. 자기 것의 바탕을 지니지 못한 채 남의 것만 추종하는 근대화는 근대화로 인한 문제점만 야기할 뿐입니다. 요즘 말하는 세계화도 마찬가지겠죠. 세계사의 보편성을 한국에 맞게 잘 받아들이고 한국적인 것을 세계적으로 만드는 것이 세계화인데도, 한국의 것을 마구 버려서 스스로 문화식민지의 길을 자초함을 왜 모르는지……

몸에 맞지 않는 화려함, 억지 서구화보다는 조금 초라하게 보일지라도 수수하게 자기 것을 지키고 긍정적인 가치들을 품으며 살아가는 것. 그것이 정말 우리가 추구해야 할 방향이 아닐까요?

잇혀진 동방의 빛을 찾아서

터키는 독특한 도시 미관과
환상적인 자연경관이 인상적입니다.
하늘이 유난히 푸르고 아름다워
절로 마음의 여유가 생기는 곳이지요.
동양이면서 서양적인 나라.
두가지 문화가 적절히 어우러져
개성적인 매력을 뿜어내는 도시들이 터키를
이루고 있습니다. 터키 사람들은 친절하고 정도 많고
신사적이라 여행하기에 더없이 좋습니다.
심지어 관광객을 유혹하는 '삐끼'아저씨들도
양복에 이름표까지 달고 있는 깔끔한 모습이라
괜히 귀가 솔깃해진답니다.

러시아
흑 해
그루지야
아제르바이잔
아르메니아
보스포루스 해협
유프라테스 강
반 호수
스탄불
앙카라
이란
터 키
파묵칼레
코니아
티크리스 강
데니즐리
안탈리아
시리아
키프로스
바그다드
레바논
지 중 해
다마스쿠스
이라크
예루살렘
암만
알렉산드리아
이스
라엘
요르단
카이로
기자
사우디아라비아
이집트
룩소르
홍 해

이스탄불의 첫인상

터키! 이스탄불이라! 블루마블 게임에서나 봤던 도시. 터키의 수도는 앙카라이지만 많은 사람들이 이스탄불이 터키의 수도라고 생각할 만큼 이 도시는 유명한 곳입니다. 요르단에서 비자를 받아 시리아를 여행한 후 버스로 터키에 들어가려던 노력이 끝내 좌절되고 말았습니다.

할 수 없이 요르단에서 비행기표를 사서 이스탄불로 가게 되었습니다. 그것도 거금 150달러(어른은 200달러인데 학생은 할인하여 150달러)를 주고 비행기표를 사자니 얼마나 배가 아팠겠습니까요! 그러나 비행기가 하얀 눈으로 뒤덮인 터키의 아나톨리아 고원 위를 상쾌하게 나는 동안, 배아픔은 순식간에 사라지고 말

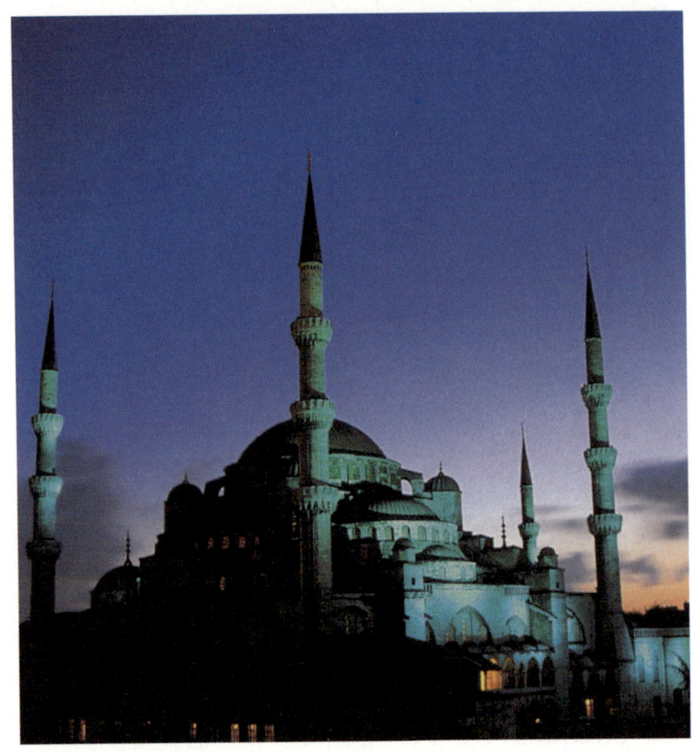

았지요.

이스탄불 공항에 내려 어둠이 깔린 이스탄불시에 들어서자마
자 아늑하고 아련한 불빛으로 이방인의 시선을 한순간에 사로잡
는 바로 그것! 그대 이름은 블루모스크!

제가 여행을 통해 안 터키는 어떤 나라일까요? 저의 상식적인
통념을 두드려 깨뜨려준 터키의 선물! 그것은 동방의 빛이 서양
위주의 역사에 묻혀 있다는 사실이었습니다. 그리스문명에 영향
을 준 것은 메소포타미아문명이며 그 메소포타미아문명의 발상

지는 티그리스강과 유프라테스강의 상류인 터키 동남부라는 사실, 기원전 7세기에서 12세기 당시까지 세계 최강이었던 이집트의 람세스 2세와 싸워 대등한 힘의 균형을 이루며 독특한 문명을 향유한 히타이트문명이 있었다는 사실(이는 교과서에도 거의 소개되어 있지 않다시피 하죠), 그리고 고대 그리스의 크레타문명, 미케네문명에 조금도 뒤지지 않는 트로이문명이 그저 신화 속의 얘기로만 읽혀질 뿐, 전혀 조명되지 않고 있다는 엄청난 사실을 알아버린 것이죠. 분명 그것은 잃어버린 동방의 두 줄기 빛인데도 우리는 이를 모르고 있는 것입니다.

터키에서 유명한 것들

터키의 특징은 뭐니뭐니 해도, 아시아대륙의 맨 서쪽에 위치한 나라이면서 동양과 서양의 특징을 모두 가지고 있다는 것이죠. 그 중심점이 바로 이스탄불입니다. 보스포루스 해협을 가운데 두고 아시아 쪽 이스탄불과 유럽 쪽 이스탄불이 나란히 마주보고 있습니다.

이것이 터키에 대해 캐낸 전부냐구요? 그렇다면 섭섭하죠. 조금 더 들어보세요. 14세기에서 19세기에 걸쳐 거의 450여년간 터키는 과거 로마제국의 영토였던 지중해와 북아프리카 지역을 통치한 역사의 중심축이었다는 사실도 알았지요.

그것뿐인가요? 밀실에 건조한 열기를 채우고 그 속에 들어가 땀을 낸 뒤 몸을 씻는 건조욕인 터키탕도 유명하지만, 그보다도

커피하우스가 더 유명합니다. 남자들이 한담을 나누는 곳이죠. 터키는 세계 최초로 커피를 마신 나라라고 하네요. 서양사람들은 처음엔 이를 악마의 음료라 하여 마시지 않았다는데, 지금은 커피가 서양의 대표 음료가 되었음은 말할 필요도 없겠죠? 터키에서 커피를 마실 때 한가지 주의할 점! 터키식 커피는 절대 주문하면 안된다는 점! 너무 진하고 쓸 뿐만 아니라 찌꺼기가 있어 후회하게 될지도 모릅니다.

터키에 가면 모두가 졸지에 부자가 됩니다. 100달러를 환전하면 자그마치 1억 2천만 리라로 바꾸어줍니다. 뜨아~ 그러나 이 기쁨은 잠시, 필름 한 통에 8백만 리라, 그리고 밥 한끼 먹고 6백만 리라를 내고 나면 부자가 된 기분은 금방 사라져버리고 말죠.

동양도 아닌 것이 서양도 아닌 것이

더욱 재미있는 것은, 오늘날 터키는 서양과 동양의 교차로에 있으면서, 서양도 아니고 또한 동양도 아닌 어정쩡한 상태에 있다는 것, 국민 대다수가 무슬림인 이슬람국가이면서도 인근 이슬람국가와는 전혀 달리 자유화한 이슬람, 그러니까 날라리 이슬람국가이며, 또한 서양과 이슬람권에서 동시에 왕따를 당하는 나라라는 겁니다.

그럼 여기서 질문이 바로 이어지겠군요. 도대체 왜?

이스탄불은 여타 이슬람국가와는 분위기가 많이 다릅니다. 터키는 국민 대다수가 무슬림이지만, 주변의 이슬람국가와 비교하자면 대조적일 만큼 자유로운 분위기를 풍기죠. 제가 본 이집트나 요르단은 이란이나 이라크처럼 강경한 근본주의가 지배하지는 않지만, 그래도 이슬람국가답게 아잔이 꼬박꼬박 울리고, 신도들은 사원에서 절을 하며, 여성들은 초등학생부터 히자브를 둘러 이슬람세계임을 단번에 눈치챌 수 있거든요.

그런데 국민의 절대 다수가 무슬림이라는 터키는 머리에 터번을 두르고 수염을 길게 기르거나 히자브를 둘러쓴 모습은 보기 힘듭니다. 정기적으로 드리는 예배도 무조건 지킬 이유는 없죠. 실제로 터키인은 시간에 맞추어 알라신께 예배드리지 않습니다.

식당에서도 물증이 잡혔군요. 바로 바게뜨빵! 모든 이슬람국가가 먹는 이슬람 공통의 눌린판때기빵(이렇게밖에는 달리 설명할 도리가……)이 아닌 바게뜨빵을 먹는다는 것으로도 터키는 다른 이슬람국가와는 많이 다르죠. 이런 '무늬만 이슬람'인 터키를 주변의 이슬람국가가 예쁘게 봐줄 리 만무하지 않습니까? 그렇다고 해서 유럽 쪽에서 환영받느냐? 뭐, 미움받을 일은 한 적이 없지만 그래도 속을 들여다보면, 다른 유럽국가들이 터키를 '은따'(은근히 따돌림)시키고 있는 듯합니다.

터키는 그리스보다 경제적으로 더 높은 위치에 있는데도, 유럽연합은 조직에 가입하겠다는 터키를 받아들이지 않고, 그리스를 가입시켰죠. 물론 그리스는 서양문명의 발상지요, 유럽인들의 조상이 머물렀던 지역으로서 큰 의미를 가집니다. 그런데 터키는 비록 모양만일지라도 이슬람국가이고, 서양의 에게문명보다 앞선 아시아 메소포타미아문명의 발상지이기에 끼워주기가 탐탁치 않았던가 봅니다.

터키의 역사와 문화 그리고 현재의 터키에 대해 좀더 생생한 얘기를 들을 기회가 생겼는데, 그것은 우연히도 여행 20여일 만에 처음 찾은 이스탄불의 한 한국식당에서였습니다.

여행을 떠나온 지 스무 날이 넘도록 한국음식을 못 먹었더니, 김치가 눈앞에서 왔다갔다해서 정신을 잃을 지경이었어요. 요르단에서 만난 한국 대학생 오빠가 준 이스탄불의 한국식당 명함

한 장이 삶의 희망을 안겨주더군요. 식구들로부터 길눈이 어둡다는 핀잔을 들어가며 어두운 밤거리를 묻고 물어 한참을 헤매다가 간신히 찾아낸 한국식당! 한글로 씌어진 간판을 보았을 때의 기쁨을 여러분은 아십니까!

밥 두 공기를 모두 비우고, 드디어 정신이 좀 들기 시작했습니다. 이제 이스탄불에 대한 정보 좀 얻어볼까 하는 생각이 들더군요. 종업원 언니에게 이것저것 묻기 시작하자, 예전에 가이드를 하셨다는 식당주인을 불러주었습니다. 우리는 이곳 한국음식점의 주인아주머니를 통해, 학교 교실에서는 결코 얻을 수 없는 생생한 터키의 역사와 문화에 관한 이야기를 들을 수 있었어요. 거기다가 고맙게도 11년 동안 터키에서 사셨다는 그분께서 다음날 이스탄불의 이곳저곳을 안내해주시기로 하셨답니다.

이스탄불에 와서 놓쳐서는 안될 것들, 바로 성 쏘피아 사원, 블루모스크 그리고 톱카피 궁전(박물관)입니다. 멋진 건축도 건축이지만, 성 쏘피아 사원에서는 비잔틴시대를, 블루모스크와 톱카피 궁전에서는 동로마제국을 무너뜨리고 450여년이나 옛 로마제국의 광대한 영토를 지배했던 오스만투르크를 만날 수 있기 때문이죠. 먼저 성 쏘피아 성당으로 여러분을 안내할까요?

비잔틴제국의 영광, 성 쏘피아 성당

얼마나 멋있었으면, 얼마나 위대하게 보였으면, 성당을 완성한 후 유스티니아누스 황제는 "오, 솔로몬이여! 나는 당신을 능가하였습니다"라고 외쳤겠습니까. 로마제국의 영광을 재현하려는 큰 꿈을 지녔던 비잔틴제국의 지배자 유스티니아누스 황제는 이 성당을 통해 자신의 위대함을 마음껏 과시할 수 있었던 것이죠. 교과서에서도 이 위대한 황제에 대해 이야기하고 있네요.

'로마법 대전'을 편찬하고 중앙집권적 행정기구를 정비하였으며, 사상의 통일을 위하여 콘스탄티노플 교회의 수장을 겸하여(황제교황주의) 강력한 전제정치를 실시하였다. 또한 견직공업을 일으키고 성 쏘피아 성당을 건립하는 등 옛 로마제국의 영광을 되찾고자 노력하여 크게 발달하였다.

성 쏘피아 성당은 웅장하지만 위압감을 주지 않고, 돔 형식의 건축이 사방의 첨탑과 기묘한 조화를 이룹니다. 고전적이고 차분한 이미지를 가졌다고 할까요. 『김석철의 세계건축기행』(창작과비평사 1997)에서도 블루모스크가 아니라 바로 이 성 쏘피아 성당을 훌륭한 건축물로 소개하고 있습니다. 성 쏘피아 성당을 알려면, 비잔틴제국을 알아야 합니다. 멋진 사진을 감상하시면서 비잔틴제국을 잠시 들여다보도록 하죠.

터키 역시 헬레니즘과 로마시대를 거쳤지요. 테오도시우스의 2분할 정책으로 로마가 동과 서로 갈라지면서 터키 지역은 동로마에 속하게 되죠. 동로마를 비잔틴제국(395~1453)이라고도 합니다. 원래 로마는 한 지배자에 의해 통치되었지만, 군인황제의 등

장으로 나라가 어수선해지자 통치에 어려움을 느낀 나머지 디오
클레티아누스 황제에 이르러서, 로마제국을 4개로 분할하게 됩
니다. 2정제와 2부제로 나누어서 통치를 잘했으나, 후에 이 두 파
사이에 싸움이 일게 되고, 거기서 등장하는 것이 바로 콘스탄티
누스 대제입니다. 그는 두 파간의 싸움을 종결짓고 리키니우스와

성 쏘피아 성당의 내부와 벽면의 프레스꼬화.

함께 공동 황제에 오르죠. 그러나 아시아를 통치하던 리키니우스가 그리스정교를 탄압하자, 콘스탄티누스는 이를 구실로 쳐들어와 지금의 아시아 쪽 이스탄불의 위스퀴다르에서 승리하게 됩니다. 이후 콘스탄티누스는 로마의 유일 황제로 등극하죠.

330년 콘스탄티누스는 비잔티움의 아름다움에 반해 이곳으로 천도하고, 그후 로마제국의 동방화는 가속화되어 이스탄불은 동방 일대의 거점지로 크게 발전하게 되었다는군요. 콘스탄티노플이란 지명은 바로 콘스탄티누스가 수도를 옮긴 후에 붙여진 이름입니다. 비잔티움은 원래 그리스 도시였습니다. '비잔스'란 사람이 설계하여 만든 도시라서 붙여진 이름입니다. 비잔티움, 콘스탄티노플, 이스탄불은 모두가 같은 도시를 부르는 세 개의 이름이에요. 그후 5세기, 비잔틴제국은 유스티니아누스 황제 때 이르러 최대로 번성하는데 바로 이 유스티니아누스 황제 시절에 만들어진 비잔틴 양식의 대표 건축물이 성 쏘피아 성당이죠. 8세기 이슬람이 전 지중해를 휩쓸 때에도 비잔틴제국은 끄떡없었습니다. 오스만투르크의 쑬탄 메메드 2세에 의해 정복당하는 1453년까지 말입니다.

그러면 어떻게 동로마제국(비잔틴제국)은 서로마제국보다도 무려 천년이나 더 존속할 수 있었을까요? 교과서에는 이렇게 나와 있군요.

비잔틴제국은 유럽과 아시아, 흑해와 지중해가 만나는 곳에 위치하여 교역을 통한 번영을 누릴 수 있었다. 특히 제국의 수도인 콘스탄티노플은 삼면이 바다로 싸여 있어 외적의 침입이 쉽지 않았고, 각지로부터 상인들이 와서 교역을 하기에 편리하였다. 도로는 포장되었고 치안이 잘 유지되었으며, 무엇보다도 국가의 보호하에 자유롭게 상업활동을 할 여건이 마련되어 있었다. 그리하여 10세기경에는 도시 인구가 100만명에 이를 정도였다.

비잔틴제국 시기에 서유럽에서는 교역이 쇠퇴하였는데, 콘스탄티노플에는 시리아, 이집트, 러시아, 스칸디나비아, 페르시아, 베네찌아 등지에서 상인들이 활발하게 왕래하였던 것입니다.

550년경에는 중국으로부터 비단 생산기술을 습득하여 국가가 독점 생산했다고 하니, 비잔틴제국이 경제적으로도 번영한 것이죠. 이스탄불 구도시는 지금도 성벽으로 둘러싸여 있습니다. 바다로 둘러싸인 요새 같은 도시에 경제력도 풍부했으니 비잔틴제국이 오래갈 수 있었겠지요?

이제 다시 성 쏘피아 성당으로 돌아가볼까요? 비잔틴제국의 영광 성 쏘피아 성당은 약 5년에 걸쳐서 10만명이 동원되어 537년에 완성된 돔입니다. 오스만투르크가 점령한 1453년부터는 이슬람교의 사원으로 사용되었는데, 지금은 그냥 박물관으로 남아 있죠.

자, 비잔틴문화의 성격은 어떠했는지, 교과서 선생님의 지도를 받겠습니다.

비잔틴제국은 그리스정교를 바탕으로 그리스와 헬레니즘 문화는 물론 이슬람문화와 같은 동방적 요소를 받아들여 라틴·게르만적인 서유럽 문화와는 다른 독특한 문화를 이루었다.

독특한 문화란 동서양이 짬뽕된(?) 문화라는 뜻일 겁니다. 동서양이 만나는 교차점에 위치한 지리적 특성으로 교역이 발달하여 이를 가능케 했다는 것이죠. 실제로 이 짬뽕문화 혹은 퓨전문화는 터키의 음식에서 금방 나타납니다.

아시다시피 이슬람의 음식으로 보편적인 게 케밥이죠. 화덕불에 넙적하게 구운 밀가루빵에, 양고기나 닭고기를 산적처럼 여러 겹 포개어 불에 천천히 구워낸 것을 칼로 베어내 빵 속에 넣어 먹는 것이죠. 그런데 터키는 어떠냐? 앞서도 말씀드렸지만 케밥은

케밥이되 빵은 서양의 바게뜨빵이
다 이런 말씀입니다. 또한 이스탄
불의 건물은 서유럽처럼 5층짜리
에 파스텔톤이지만, 집안에서는 아
랍의 카펫을 씁니다. 언어도 그렇
습니다. 중동의 여러 국가가 다 아
랍어를 쓰는데, 터키는 자기네 말
에다 서양 알파벳을 조금 변형시켜
서 글자로 사용하거든요.

　이와같은 독특한 문화 즉 짬뽕문
화는 오늘날도 이어져, 우리는 이
스탄불을 '동양도 아닌 것이, 서양
도 아닌 것이'라고 부르는 것입니
다. 비잔틴제국의 꿈이 서려 있는
성 쏘피아 성당, 그러나 영욕을 거

케밥을 파는 이스탄불 거리
의 간이식당.

듭한 채 지금은 하나의 역사적 건물로서 조용히 이스탄불의 구시
가를 지키고 있을 뿐입니다.

블루모스크, 오 알라여!

　오스만투르크에 의해 비잔틴제국이 멸망한 후, 콘스탄
티노플은 이스탄불이란 이름으로 바뀝니다. 주인이 바뀐 것이죠.
새 주인은 투르크족입니다. 교과서엔 셀주크투르크다, 오스만투

르크다 하며 웬놈의 투르크가 그리 많은지…… 굉장히 헷갈리
죠? 교과서를 보겠습니다.

투르크족은 몽골고원에서 중앙아시아 방면으로 진출하면
서, 투르크 유목민의 무력과 이슬람교의 종교적 정열이 결합되
어 대제국을 건설하였다.

이 대목은 좀 중요한데, 이들 투르크족은 다름아닌 돌궐족입니
다. 몽골초원의 유목민으로 중국의 수나라를 괴롭힌 민족이죠.
우리나라의 고구려와는 친했던 민족입니다. 그래서 돌궐과 고구
려의 유착을 막으려고 수나라가 고구려를 침입했다고도 하지요.
서양사람들은 이들을 훈족이라 불렀습니다. 복잡하죠? 다시 정
리하면, 투르크족＝돌궐족＝훈족인 것이죠.

이들은 초원을 따라 중앙아시아 쪽으로 이주하면서 당시 중앙
아시아의 이슬람교를 받아들여 모두 이슬람교도가 됩니다. 이들
왕국의 지배자를 쑬탄이라 부릅니다. 이슬람 종교지도자를 칼리
프라 하는데, 그 칼리프와 왕을 합친 것이 쑬탄이죠. 중요합니다!
밑줄 쫙이에요.

나중에 셀주크투르크가 팔레스타인 지역을 점령하게 되어 기
독교 성지를 모두 이슬람 사원으로 바꾸고 기독교도들의 성지순
례를 막았기 때문에 그 유명한 십자군전쟁이 일어나게 되지요.
성지순례가 방해받자, 로마교황 우르바누스 2세가 유럽의 국왕
들에게 호소하여 각국의 군대가 성지탈환에 나선 것! 바로 제1차

십자군전쟁입니다. 교과서는 다음과 같이 설명하고 있죠.

셀주크투르크족은 서쪽으로 진출하여 시리아, 팔레스타인, 소아시아에 걸친 대제국을 건설하고 이슬람문화를 옹호하면서 상업과 학예를 장려하여 이슬람문화의 황금시대를 열었다. 그러나 12세기에 크리스트교도의 예루살렘 순례를 박해하여 십자군전쟁이 일어나자 차츰 약화되었다.

그러니까 만약 이들이 중앙아시아에서 이슬람교를 받아들이지 않았더라면 지금쯤 터키는 비잔틴의 종교를 이어받아 그리스정교를 신봉하고 있을지도 모른다는 얘기이군요. 물론 교과서엔 없는, 이야기 세계사책에도 없는 가정이지만 이러한 저의 추측이 터무니없는 것만은 아니지요?

셀주크투르크에 이어 1281년 오스만투르크가 성립됩니다. 오스만투르크의 등장은 오스만이라는 힘센 부족장이 나타나 셀주크투르크를 이어간 것을 말합니다. 이들은 1353년 유럽에 진출하여 여러 나라를 정복하고, 1453년에 콘스탄티노플을 함락함으로써 절정기에 들어섭니다. 그리고 16세기에는 과거 이슬람제국의 영토를 거의 다 차지하게 되죠.

교과서에는 그냥 두루뭉술하게 나와 있지만, 꼭 알아야 할 것이 있습니다. 터키(오스만투르크)가 그리스를 자그마치 450년이나 지배했고, 이집트와 팔레스타인, 요르단, 사우디아라비아 등도 지배했다는 사실입니다. 어쩐지 톱카피 궁전(박물관)에는 그리

스 아테네의 고고학박물관보다 더 많은 그리스 조각품들이 있더라구요.

터키가 그리스를 오백년 가까운 세월 동안 지배했다는 것은 상상도 못했지 뭡니까. 그러니 그리스의 보물을 터키가 가져갈밖에요. 그리고 아테네 아크로폴리스의 조각품들이 지금 런던의 대영박물관에 있는데, 그것도 당시 터키의 영국대사 엘긴이 그리스의 문물을 보호한다는 명목으로 터키당국의 비호하에 빼돌린 것입니다. 안타깝고 씁쓸한 이야기죠.

비운의 삼각관계

더욱 중요한 사실은, 터키의 팔레스타인 지배입니다.
1차대전이 발발하자, 터키는 독일 편에 섭니다. 그런데 독일과 맞
싸운 영국이 아랍족들을 끌어들여 지배자 터키와 싸우게 하죠.
그러면서 전후 팔레스타인 지역에 아랍국가 건국을 약속합니다.
한편 영국은 유대인도 끌어들여 전쟁 후 이스라엘 건국을 약속합
니다. 이 이야기는 앞서 팔레스타인과 요르단 편에서 나온 적이
있죠?

이러한 이중약속은 지금 팔레스타인과 이스라엘 갈등의 직접
적인 원인이 된 것입니다. 만약 터키가 독일 편에 서지 않았다면,

세계역사는 크게 달라졌겠죠. 하지만 역사에는 가정법이 없다지요? 결국 1차대전의 패배로 오스만투르크는 몰락하게 됩니다.

자, 이제 오스만투르크의 역사를 대충 아셨죠? 오스만제국의 영광을 보여주는 상징적인 곳이 바로 이스탄불의 명물, 블루모스크입니다. 비잔틴제국을 정복한 오스만투르크의 쑬탄 아흐메드는 성 쏘피아 성당을 능가하는 모스크를 건축함으로써 기독교에 대한 이슬람의 우월성과 자신의 위대함을 만방에 보여주려 했습니다. 성 쏘피아 성당을 지은 유스티니아누스 황제가 "오, 솔로몬

대제국의 영화를 상징하는 블루모스크.

이여! 나는 당신을 능가하였습니다"라고 외쳤다고 했죠? 그럼 아흐메드는 아마도 이렇게 말했겠죠. "오, 유스티니아누스여! 나는 당신을 능가하였노라. 알라여, 이슬람의 유일신이여!"라고.

마르마라 해협을 바라보며 정원 하나 사이로 성 쏘피아 성당과 마주한 블루모스크! 오늘도 여전히 안개 낀 이스탄불의 하늘을 머리에 이고 찬란했던 자신의 영화를 여행객에게 말해주고 있는 듯합니다.

톱카피 궁전, 오스만제국의 영광

그럼, 이제 본격적으로 쑬탄이 살던 궁전을 둘러보겠습니다. 오스만시대의 왕궁인 톱카피 궁전을 둘러보니 화려함과 웅장함이 그대로 살아 숨쉽니다. 교과서에서만 보던 대제국의 위엄이 아직도 생생하게 느껴지는군요. 그래서 백문이 불여일견이라고 했나요.

전시관에는 쑬탄의 옷까지도 거의 파손되지 않고 깨끗하게 남아 있습니다. 옷이 품도 크고 팔소매는 땅까지 끌리는 거의 엽기적인 수준입니다. 그러나 이 모두가 왕의 위엄과 권위를 드러내기 위한 일종의 컨셉이니, 당시의 코디네이터는 얼마나 고민을 하며 옷을 만들었겠습니까.

풍성하고 화려한 왕복과 온갖 보석으로 치장된 액세서리 역시 거대했던 제국의 위엄을 그대로 가지고 있습니다. 보석관에 전시된 보석만 해도 눈이 커질 수밖에 없었는데, 세상에 이렇게 큰 녀

석도 있구나 싶습니다. 그렇다면, 여기
서 잠깐! 도대체 어떻게 오스만제국은
부강해졌을까?

오스만제국은 동서교통로를 장악
하고, 무역상의 이득을 독점하였다.
이는 오스만제국의 경제적 기반으로
신항로 발견 이전까지 강대국으로
발전할 수 있었던 원동력이 되었다.
콘스탄티노플의 슐리만사원과 궁정
학원의 화려한 건축물은 오스만제국
의 경제적 부강을 과시한 것이며, 학
문과 예술도 발달하였다.

동서교역로인 비단길의 서쪽 종착점
이 바로 터키의 이스탄불입니다. 톱카
피 궁전에는 동양의 도자기박물관도
있는데 참 볼 만하죠. 그런데 이 거대하

톱카피 궁전과 박물관 소장
품들.

고 강력한 제국이 어떻게 망가져갔느냐? 신항로 발견으로 서아
시아의 교통로가 대서양으로 이동하면서 제국의 경제적 기반이
흔들리고 점차 열강의 세력 각축장으로 전락해갔다는군요. 경제,
역시 경제가 문제군요.

하렘, 여성의 슬픈 역사

톱카피 궁전에서 흥미로운 것은 31명의 쑬탄들을 그린
초상화입니다. 이슬람세계에서는 사람이나 동물 등 살아 있는 것
은 그리지 않기 때문에 문양은 기하학적인 무늬만을 사용합니다.
이를 아라베스끄 문양이라고 하죠. 그런데 하나도 아니고 31개나
되는 저 초상화는 무엇인고 하니, 아마도 위대한 지도자를 후세
에까지 남기고 싶었던 이들의 염원이랄까요.

쑬탄의 안살림도 궁금해지는군요. 쑬탄은 정식 왕비인 본처가
넷이고, 후궁은 물론 셀 수조차 없습니다. (700명 정도라구요? 정
말 대~단하군요!) 이들이 살던 곳을 하렘이라고 부릅니다. 이 많
은 후궁들을 거느리고, 얼굴이나 기억할까 싶기도 하고, 무엇보
다 '여인천하' 같이 여자들의 세력다툼이 대단하지 않았을까요?

하렘의 여성을 그린 앵그르
의 작품 '오달리스크'

더욱이 이슬람세계는 본처 중 가장 먼저 사내아이를 낳는 사람이 모후가 될 수 있잖아요. 그러니 중전만이 모든 권한을 쥐고 있던 우리나라와는 비교도 안되는 여인천하 아니었겠어요?

여하튼 그 많은 여인들과 왕의 시중을 드는 사람들까지 합하면 수천명에 이르니, 이들을 먹이기 위해 궁 안의 주방에서는 800여 명이 일했다고 합니다. 하루종일 밥을 해도 다 못하지 않았을까요. 주방의 규모는 굳이 안으로 들어가지 않아도 짐작할 수 있습니다. 연기 빠지는 굴뚝만 해도 4층 높이인데다 이렇게 굴뚝이 높이 솟은 건물들이 줄지어 있습니다. 문 앞에는 당시의 주방장을 그린 그림이 걸려 있습니다. 참 측은하군요. 평생 밥만 하느라 얼마나 힘들었을까.

황금빛 시간의 동굴

이스탄불의 명물 중 하나가 그랜드 바자르입니다. 그랜드는 어디서 많이 들어 알 것 같은데, 바자르는 무엇인고? 다름 아닌 시장이란 뜻입니다. 우리가 자주 쓰는 바자회도 여기서 나온 말이죠. 이곳은 원래 캐러밴들이 비단길을 통해 동양에서 들여온 물건들을 팔고 사던 곳인데, 지금은 5천여개나 되는 상점이 모여 있는 거대한 시장이랍니다.

커다란 지하굴로 들어가면 양쪽으로 질서정연하게 상점들이 늘어서 있습니다. 넓은 복도를 거닐며 끝이 보이지 않는 상점들의 쇼윈도우를 이리저리 둘러보기 바쁩니다. 화려한 상품들과 지

하의 노란 불빛은 환상적인 분위기마저 연출하는군요. 마치 시간
의 동굴로 들어와 옛 페르시아 제국을 거니는 듯합니다. 이 황금
빛 시간의 동굴을 지나면 다시 현대의 터키가 그 모습을 드러내
겠지요.

그랜드 바자르의 특징은 뭐니뭐니 해도 값이 저렴하면서 품질
이 좋다는 것입니다. 유명한 터키의 카펫을 보면서, 생각 같아선
한두 개 사들고 오고 싶었지만 여행중이라 참았습니다. 다른 것
을 살까 구경해보았지만 물건을 살 때마다 손을 벌벌 떠는지라,
결국 아무것도 손에 들지 않은 채 그렇게 바자르를 빠져나왔습니
다. 물론 후회막심!

0 2

앙카라에서 생긴 일

앙카라는 터키의 중부, 즉 아나톨리아 고원지대에 위치합니다. 이스탄불에서 버스로 여섯 시간 걸려서 도착한 터키의 수도. 올해는 특히 눈이 많이 와서, 앙카라로 향하는 버스의 창밖은 온통 흰눈의 세계였지요.

터키를 말할 때 버스 이야기가 빠질 수 없습니다. 터키를 기분 좋게 여행할 수 있는 것은 이 쾌적한 버스 덕택입니다. 도시고 시골이고 할 것 없이 모든 버스가 벤츠입니다. 바닥에 카펫이 깔려 있고, 음료수 써비스까지 빵빵하며, 차가 워낙 좋아 고속으로 달려도 속도감을 느끼지 못하고 커브 돌 때의 흔들림도 거의 없습니다. 이 정도 버스면 거의 비행기 수준이니, 네댓 시간의 여행은 피곤함을 주지 못하죠.

터키 사람들은 '코론냐'라는 향수를 손에 발라 씻는데, 버스 한 대에 승무원이 둘! 이들이 자주 향수를 승객들 손에 하나하나 뿌려줍니다. 기름인 줄 알았던 저는 처음엔 "노!" 하며 고개를 저었지만, 나중엔 먼저 손을 벌렸지요. 향기도 너무 좋고 손이 무척 시원하거든요.

또 하나의 재미는 승무원입니다. 버스 승무원은 시간마다 정류장에서 교대를 하거든요. 잘생기고 멋진 승무원 '오빠'면 괜히 물 달라, 차 달라 이것저것 요구하지만, 승무원 '아저씨'를 만나면 차창에 머리를 박고 잠을 청하지요.

그렇게 도착한 앙카라에는 어느덧 해가 뉘엿뉘엿 지고 있었습니다. 호텔을 잡으러 이리저리 돌아다니는데, 여럿이 떼지어 오더니 느닷없이 한 사람이 경찰이라며 신분증을 내미네요. 여권을 보자면서 말이죠. 멍해 있던 저는 여권을 꺼내 보일까 어쩔까 잠시 주춤하고 서 있는데, 아빠께서 순발력을 발휘하십니다. "그럼 당신이 근무하는 경찰서로 같이 가자!"라고요.

그런데 그들은 아무 말 없이 서 있기만 할 뿐인 것 있죠. 그래서 무시하고 그냥 호텔 안으로 들어와버렸죠. 언제 왔는지, 호텔 안까지 따라들어왔습니다. 이번에는 우리들의 안전을 위해서라며 싼값에 호텔을 잡도록 도와주겠다는군요. 그렇게 실랑이를 벌이다가 결국 그들은 지쳐 어느샌가 사라져버렸죠. 나중에 알고 봤더니, 택시기사와 한통속인 무리였습니다. 우리가 들어간 호텔에서 나오면 다른 데로 데려다주겠다고 하면서 택시를 소개해주고 돈을 챙기려는 속셈이었죠.

밤에 여행객들에게 여권을 보자고 하고선 여권을 볼모로 삼아 짐을 뒤지거나 금품을 강탈하는 사람들이 있다고 합니다. 여행자에게 여권은 곧 생명이라는 점을 노린 것이죠. 주로 동구권과 터키 남쪽에서 이런 일이 많다고 합니다. 범죄가 많을수록 그 나라의 이미지는 나빠지는 법인데, 정말 안타까운 일이에요.

메소포타미아문명의 원류

터키는 지중해 지역에 속해 있으므로, 에게문명권이라고 생각하기 쉽습니다. 그리스가 터키의 지중해 연안도시를 식민지로 삼았다고 배웠기 때문이죠. 그러나 터키는 메소포타미아문명권에 속해 있습니다. 다시 말해 터키의 역사는 메소포타미아문명으로부터 시작됩니다. 교과서에서 이집트문명과 함께 소개되는 메소포타미아문명, 즉 티그리스강과 유프라테스강의 상류가 바로 터키에 있지요. 물론 메소포타미아문명 지역은 지금의 이라크요, 그 중심은 바빌론이죠.

터키 동부 즉 이라크 북부에 해발 5000미터가 넘는 아라라트산이 있는데, 이 산이 바로 성경의 에덴동산이라 추측되는 곳입니다. 노아의 홍수 신화도 바로 이곳의 이야기라고 합니다. 홍수란 유프라테스강의 범람을 말하는 것이겠죠. 아라라트산에 살던 셈족이 자그로스산맥 쪽으로 하여 가나안 땅으로 갔다는 것이죠. 그후 햄족은 아프리카로 갔고 셈족은 다시 흑해를 건너 우랄알타이 쪽으로 이주했다고 전해집니다.

성경에 나오는 아브라함에겐 이삭과 이스마엘 두 아들이 있다고 했죠? 이스마엘의 후손이 지금 중동의 아랍족이지요. 이슬람의 예언자 무함마드가 바로 이스마엘의 후손입니다. 이삭의 후손에서는 야곱, 요셉, 다윗 그리고 예수가 나오고요. 그러니 아랍인과 유대인의 조상 아브라함이 바로 터키 동부의 아라라트에서 살았다는 이 신기한 주장도 우리는 여행에서 듣게 된 것입니다.

또 하나, 이번 여행에서 알게 된 가장 중요한 것은 터키의 히타이트문명입니다. 기원전 2000~700년 사이에 존재했으며, 기원전 1700~1200년에는 강성한 제국을 이루었던 철기문명인 히타이트문명은 우리 교과서에는 거의 조명되어 있지 않습니다. 교과서에는 히타이트에 대한 얘기가 딱 한 문장 등장하지요. 즉 메소포타미아문명을 설명하는 장에서,

바빌로니아왕국은 기원전 16세기에 카사이트인과 히타이트인에게 멸망되고, 오랜 동안 혼란과 분열을 겪다가 아시리아와 페르시아가 잇달아 지배하면서 그 지역의 문화를 이어 발전시켰다.

하고 말이죠. 그럴 만도 한 것이, 히타이트 유적에 대한 발굴이 최근에야 이루어졌기 때문입니다. 어디서 왔는지조차 모르고, 또한 갑자기 역사의 무대에서 사라져버렸다는 것 이외에 알려진 것이 없던 히타이트. 그 수수께끼의 히타이트제국이 최근에야 역사의

무대에 등장하게 된 것입니다.

터키에는 히타이트 역사만 4년간 공부하는 학과가 있다고 하네
요. 우리는 메소포타미아문명과 잃어버린 왕국 히타이트를 찾아 터
키의 중부지역인 아나톨리아 고원에 있는 앙카라로 온 것입니다.

신비한 히타이트 박물관

앙카라 언덕 위에 있는 히타이트 박물관을 찾았습니
다. 이곳에는 최고(最古)의 도시 차탈회윅(Catalhoyuk)에서 발굴
된 히타이트 유적이 전시되어 있습니다. 놀라운 것은 히타이트인
들은 단순히 철제무기를 가진 북방민족의 하나가 아니라, 고도의
문명을 이루고 살았다는 사실이죠.

점토판에는 쐐기문자가 새겨져 있는데, 문서내용은 결혼계약
서, 사랑의 시, 외상장부까지 무척 다양합니다. 상업이 무척 발달
한 도시라는 것을 증명해주기도 하는군요. 학자들은 같은 시대로
추정되는 그리스나 이집트 문명보다 더 수준높은 문명을 이루었
으리라 추측합니다. 히타이트에 대한 연구가 더 깊게 이루어지
면, 어쩌면 역사책을 다시 써야 할지도 모르겠습니다.

히타이트는 기원전 2천년에 터키에 생긴 최초의 통일국가입니
다. 어디든지 역사의 흐름은 세계를 놀라게 하는 무언가의 발명
으로부터 시작되듯이, 강력한 제국이었던 히타이트의 등장도 철
제무기의 사용이라는 배경이 있었죠.

박물관에는 사슴 모양 상들이 유난히도 많은데, 히타이트인들

의 종교적·주술적 의미를 지닌 것이라
고 합니다. 옛날 히타이트인들은 기후
의 신을 여러 신 가운데에서도 가장 중
요시했다는데 바로 사슴이 그 기후의
신 역할을 한 것이라는군요.

　제가 지금까지 기억하고, 또 세계사 교
과서에서 중요히 다루었던 것은 분명 히
타이트의 철제무기였으나 여기에 와서 보
니 히타이트는 그보다 더 신비한 점이 많은 나
라입니다.

　우선, 히타이트인의 등장이 그러하죠. 아직까지도 역사학
자들의 수수께끼로 남아 있는 히타이트인의 등장은 무척이
나 신비하고 흥미로운 사건이라고 합니다. 이들은 흑해를
건너온 북방민족일 거라 추측될 뿐이죠. 등장뿐만 아니라
멸망의 원인도 아직까지 알 수가 없습니다. 그냥 '바닷사람
들'(People of the Sea)에 의해 멸망했다고만 기록되어 있지요.
바닷사람이라? 에게해의 어느 민족일 텐데, 정확한 기원은 알 도
리가 아직 없습니다.

　그런데 정말 신기한 것은 사람과 도시 전체는 다 불타버렸는데
도 불구하고 7천명이 먹을 만한 양식이 큰 항아리에 그대로 남아
있었다는 것입니다. 그러니까 한순간에 이들이 사라진 것인데,
그렇다고 지진의 흔적이 있는 것도 아니라는 거죠. 이 큰 항아리
들이 여기 박물관에도 전시되어 있어요.

박물관에서 판매되는 히타이트 관련 서적을 보면 히타이트 왕 중에서 가장 강력했던 왕은 아니타시왕이었다고 합니다. 그는 수도를 퀼테페로 정하고 그 지역과 현재의 카파도키아에 이르는 지역까지 그들의 제국을 건설했습니다. 바빌로니아의 함무라비왕도 무너뜨릴 만큼 실로 그 힘이 막강했다고 하네요. 어떠세요? 말로만 듣던 히타이트를 좀더 가까이서 볼 수 있었죠?

세계 최초의 평화협정, 카데슈조약

히타이트는 보아즈칼레를 수도로 점차 세력을 확대하여 기원전 14세기에는 제국을 이룹니다. 이들은 시리아에 대한 지배권을 놓고 당시 세계 최강인 이집트의 람세스 2세와 충돌합니다. 기원전 1258년에 시리아의 카데슈에서 치열한 전투를 벌이는데, 결국 무승부로 끝납니다. 그리고 평화조약을 맺죠. 세계 최초의 평화협정인 것입니다. 바로 그 평화협정문이 점토판에 기록되어 지금 히타이트 박물관의 유리상자 안에 보관되어 있습니다.

재미난 것은, 곰브리치의 『세계사』에서는 비록 람세스 2세의 군사력이 강하긴 했으나 철기무기를 가진 히타이트에게는 패했다고 보고 있는데, 람세스 2세는 이집트의 아부심벨에 있는 신전 기둥에 자기가 승리했다고 새겨놓은 것이죠. 이집트를 여행한 헤로도토스도 람세스 2세의 편을 듭니다. 제가 읽은 자료의 하나인 헤로도토스의 『이집트 기행』에는 람세스 2세의 해외원정에 대해 이렇게 묘사하고 있거든요.

그는 함대를 이끌고 아라비아만에서 해안을 따라 에리트라 이해까지 모래톱에 막혀 더이상 나아갈 수 없을 때까지 전진하여 그의 배가 닿은 모든 나라를 정복했다. (…) 원주민들이 그에게 저항하며 자유를 위해 용감히 싸운 나라의 경우에 그는 기둥을 세우고, 그 기둥에 자신과 나라의 이름, 그리고 그가 어떻게 주민들을 복종시켰는지를 새겼다. 그러나 손쉽게 저항 없이 굴복한 나라의 경우에는 기둥에 위와 같은 자초지종을 새기고, 이에 더하여 여자의 성기를 의미하는 하나의 표식을 넣었는데, 그것은 그곳이 싸움을 싫어하는 나약한 여자들의 나라라는 것을 의미했다.

원래 역사란 흔히 자기중심적이 되기 쉬운 속성을 가진 것이긴

하죠. 역사책마다 어느 쪽이 이겼다 어느 쪽이 졌다에 대해서는 의견이 분분하지만 여기 이렇게 평화협정문이 발견되어 분명한 증거가 있으니, 람세스 2세도 할말은 없겠죠?

이 박물관의 유물들은 거의가 히타이트의 수도 보아즈칼레에서 발굴된 것인데, 점토판에 씌어진 글자를 해독해내는 인간의 능력이 참으로 놀랍습니다. 마치 이집트 로제타석에 기록된 글자를 판독하여 세계역사를 다시 읽을 수 있었던 것처럼 말이에요.

아나톨리아의 비너스상

히타이트 박물관에서 또 하나의 볼거리는 대지모신상입니다. 신석기시대의 조각품인데, 축 늘어진 젖가슴, 엄청난 다리 등이 일본 스모 선수를 연상시킵니다. 당시 가장 아름다운 여성의 모습을 형상화한 것이 바로 이 아나톨리아의 대지의 비너스였던 것이죠. 선사시대 이곳 사람들의 정신세계와 여성상을 가감없이 표현해놓은 조각입니다. 아시다시피 지금과는 미의 기준이 많이 다르죠.

권삼윤 아저씨의 책 『차도르를 벗고 노르웨이 숲으로』에 따르면, 이러한 조각들은 신에 대한 믿음의 표현이라고 해요. 한없이 넉넉하고 풍요로움을 주는 것이 신이겠죠. 풍요와 다산이 최고의 덕목이었을 당시의 사회에서 아름다움의 기준은 오늘날과 이렇게 다른 것입니다. 이 대지모신상도 그리스 비너스상의 원천이 되는 것이죠. 여성의 이미지가 고대 그리스로 접어들면서부터는

사실적으로 변합니다. 여성의 신체의 아름다움을 표현하는
방식으로 바뀌는 것입니다.

'쉰세대'이기를 거부하고, 자칭 '신세대아빠'라는 우리
아빠가 어렸을 때는 넉넉하게 생긴 여성이 미인이었다
고 합니다. "부잣집 맏며느리감이다"가 최고의 찬사였
다나요. 하지만 그런 찬사는 아빠의 딸에게는 별로
고맙지 않은 말이군요.

그런 제 마음이 들키기라도 한 걸까요? 가이드
해주신 분의 말로는 이 박물관에 있는 문서 중에
이런 말도 새겨져 있다는군요. "하여간, 요즘 젊은
것들은……"

히타이트인의 업적 중 하나는 법률체계라고 합
니다. 그런데 이 법률은 구바빌로니아보다도 너그
러웠다고 하네요. 8가지 범죄행위 ─ 미술품이나
궁정 물품에 대한 절도 등 ─ 에 대해서만 사형이
집행되었으며, 심지어 계획적인 살인조차도 벌금형에 처해졌다
고 합니다.

아시리아 법률은 가죽 벗기기, 거세, 말뚝에 꿰기 같은 잔인한
형벌로 유명한 데 비해 히타이트는 그런 것을 찾아볼 수 없지요.
아시리아는 강권통치를 하였으나, 그 통치가 오래가지 못했습니
다. 법가사상으로 다스린 진시황의 진나라도 통일 후 30년밖에
못 갔음을 볼 때, 인간적인 법률을 적용했던 히타이트에 대한 관
심이 더욱 커지는군요.

풍만한 몸매를 자랑하는 대
지의 모신상

터키의 아버지, 케말 파샤

앙카라의 중심가에는 동상이 하나 서 있는데, 아마도 이곳 사람들에게 퍽 존경받는 인물이겠죠? 터키에서 가장 존경받는 인물은? 두말할 것도 없이 단연 케말 파샤입니다. 그를 '아타튀르크'라 부르는데, 터키의 아버지란 뜻이에요. 이 사람은 터키공화국의 초대대통령이자 오늘날의 터키를 만든 사람이기도 합니다.

자, 그럼 이 사람! 케말 파샤의 뒷조사를 좀 해볼까요? 그의 본명은 무스타파 케말이에요. 그러니까 원래 이름 케말에다가 사령관을 뜻하는 파샤가 붙어 케말 파샤가 된 거죠.

그는 어린시절 아버지를 여의고 어머니와 외가에서 자랐습니다. 학교를 다니지 않았던 그는 곧잘 무덤가에서 놀곤 했는데, 하루는 비석에 새겨진 문구를 보고 무슨 말일까 너무도 궁금하여 혼자 책을 가지고 공부하기 시작했다고 합니다. 흠, 크게 될 사람은 뭔가 다르긴 다르군요. 열심히 공부한 끝에 군사학교에 우수한 성적으로 들어가게 되었습니다.

방학이 되어 고향으로 돌아온 케말 파샤는 어릴 적 자주 놀던 무덤가를 다시 찾게 되었어요. 그런데 다시 그 비석을 보아도, 여전히 무슨 말인지 알 수 없었대요. 케말 파샤는 자신의 공부가 부족함을 깨닫고 어머니도 만나지 않은 채, 그 길로 다시 학교로 와버립니다. 독한 구석도 있군요.

똑똑하고 능력도 있었지만, 집안의 배경이 그리 좋지 못했던 케말 파샤는 졸업 후 외진 지방으로 발령받았습니다. 당시 제1차

세계대전에서 독일이 패함으로써 독일과 한편이
었던 터키는 어려운 상황에 부딪히게 되는데, 이
때 케말 파샤가 젊은이들을 동원하여 터키를 재
정비하고 나중에는 오늘날의 터키 국경을 확정
합니다. 그는 쑬탄의 전제정치를 타파하고 공화
정을 선포하는 혁명적인 일을 단행하죠.

아랍어의 어려움을 알았던 그는 알파벳을 도입
하여 글을 쉽게 쓰게 하였고, 알파벳으로 나타낼
수 없는 발음들도 쓸 수 있도록 변형문자를 만들
었죠. 뿐만 아니라, 종교와 정치의 분리, 일부다처
제의 폐지 등 혁신적 개혁을 단행하였습니다. 오늘날 터키에 이
슬람의 색깔이 거의 없는 것에는 그의 영향이 무척 크다고 해요.

도시 곳곳에 그의 동상과 사진이 있습니다. 뿐만 아니라 터키
의 모든 돈에는 그의 얼굴이 찍혀 있구요. 터키엔 오직 하나의 영
웅만이 있을 뿐이죠. 터키인들이 케말 파샤를 추대하는 것은 그
의 업적 때문이지만, 아직까지 그의 뒤를 이을 수 있는 영웅적인
인물이 없었다는 것을 의미하기도 합니다. 제2의 케말 파샤가 등
장했다면, 터키는 더욱 발전하여 동서양 양쪽에서 큰 역할을 하
고 있을지도 모르죠.

교과서에서는 케말 파샤를 어떻게 소개하고 있는지 볼까요?

터키는 제1차 세계대전의 패전으로 영토가 축소되었으며 연합
국의 관리하에 놓인다. 이때 국력회복을 위한 국민운동이 일어나

케말 파샤가 국민당을 조직하고 혁명을 일으켜 황제를 폐하고 공화국을 수립하였다(1923).

그는 혁신정치를 단행하여 정치와 종교를 분리하고 여성해방과 터키모자의 폐지, 태양력 사용, 문자개혁, 근대적 교육제도의 제정 등 근대적 국민문화 건설에 전력하여 터키의 근대화에 큰 진전을 가져왔다.

터키인과 한국인은 사촌?

터키인은 확실히 중동국가의 사람들과 생김이 많이 다릅니다. 이들은 셈족도 햄족도 아니기 때문이죠. 그야말로 동양 사람과 서양사람의 중간이라고 할까요. 이스탄불에 도착한 첫날 식당에서 만난 한국인 아주머니를 기억하시죠? 그분이 말씀하신 터키인과 우리 민족의 같은 점은 이렇답니다.

- 아이를 업고 다니는 것
- 물건이나 짐을 머리에 이고 다니는 것
- 목욕탕에서 때를 벅벅 미는 것
- 고춧가루 뿌려먹는 것
- 커피 배달시켜 먹는 것

하핫, 어때요? 왠지 터키라는 나라에 친근감이 느껴지지 않습니까? 커피는 터키 사람이 최초로 마시기 시작했다고 했죠? 그런데 이 커피가 서양에 건너가자, 서양인은 이를 '이슬람 와인'이라 부르며, 악마들이나 마시는 음료 취급을 했다는 것입니다. 그러다 교황 클레멘스 8세가 세례를 베풀어 마시게 한 후에 차츰 인식이 달라졌다고 하네요. 이건 『물건의 세계사』(찌바현 역사교육자협의회 편, 가람기획 2002)에서 본 내용이죠.

커피뿐만 아니라 차도 아시아 사람이 유럽에 전해준 것이더라구요. 영국에서는 감리교의 창시자 웨슬리가 차를 마시면 손이 떨린다며 차 반대운동(1764)까지 했다는데, 그후 차가 몸에 좋다는 걸 알고는 웨슬리도 마시기 시작하고, 특히 밀크를 차에 타 마시는 '오후의 홍차'가 영국인의 습관이 되어버렸다는 얘기입니다.

터키 사람들의 담뱃대도 역시 우리나라의 곰방대와 흡사하다고 해요. 이들은 우리와 같은 알타이어계 민족이고 그래서 그런지 우리나라 사람과 닮은 점이 많아요. 그럼 터키어도 배우기 쉬울까요? 안녕하세요가 '메르하바', 정말 고맙습니다가 '테셰퀴르 에데림'이라고 하네요. 글쎄요, 결코 쉬울 것 같지는 않군요.

자연이 만들어낸 불가사의한 경지

터키! 그러고 보니 생각보다 거대한 왕국들이 많았던 나라입니다. 셀주크투르크나 오스만제국도 그렇고, 고대 히타이트제국도 그렇고. 그런데 지금까지 둘러본 것만이 터키의 전부가 아닙니다. 한국에 여행 온 사람에게 서울과 경주만 보면 한국을 다 본 것이라고 말할 수 없듯이요.

세상엔 분명 강자와 약자가 있고 부자와 거지가 있는데 제가 본 터키는 강자 쪽에서만 바라본 나라였으니까, 이렇게 강성했던 제국을 이루었다면 분명 그 통치하에서 고통받고 힘들어했을 약자가 있었겠지요. 너무 화려했던, 혹은 너무나 거대했던 역사 속에 감춰져 있거나 가려져 있을 또 하나의 터키 역사가 있을 것도

카파도키아의 기기묘묘한
자연경관.

같은데…… 그런 의문을 품고 찾아간 곳, 카파도키아. 그곳은 다른 어떤 도시보다 더욱 강한 개성으로 내 앞에 다가왔습니다. 한국의 정감있는 농촌 같은 분위기와 짙은 갈색으로 둘러싸인 자연 그대로의 배경이 묘한 조화를 이루는 도시입니다. 고향의 푸근함과 거친 자연의 기상이 공존하는 곳이라고 할까요.

지금까지 보아왔던 계획도시와는 전혀 다른 느낌. 그야말로 모든 것이 그저 자유롭기만 한 자연 그대로의 땅 카파도키아. 오랜 세월에 걸쳐 자연이 만들어낸 불가사의한 경지. 앞으로 보게 될 카파도키아는 또 얼마나 더 많은 놀라움을 안겨줄까요.

미로 속의 지하도시

지상에서 펼쳐지는 기이한 경관으로도 모자라 카파도키아는 지하에서까지 사람을 놀라게 만드는군요. 지하도시 데린쿠유는 정말로 신비스러운 곳입니다. 깜깜한 동굴을 따라 아래로 이어지는 지하도시는 그야말로 과학책에서 보았던 개미집을 연상케 합니다. 각 방은 경사진 계단과 낮은 통로로 연결되어 있는데 아래로 내려갈수록 기온이 떨어져 지하 8층 정도에 이르면 상당한 추위가 느껴집니다.

음침하고도 넓은 이 공간에서는 지하세계만의 독특한 분위기를 체험할 수 있는데 그 역사를 알면 더욱더 흥미롭습니다. 현재 이 지하도시에 대한 일반적인 설은 히타이트제국 때 적의 침입을 피하고 동물들을 보호하기 위해 만들어졌다가 비잔틴제국 시대

들어와 박해받던 그리스도교인들의 예배장소로 쓰였다는 것입
니다. 내부에는 세례를 받던 곳과 성경을 가르치던 신학교, 교회
등이 있는데 이런 어둠속에서도 자신들의 신앙을 지켜가기 위해
애쓴 당시 사람들의 모습이 떠올라 절로 경건한 마음이 듭니다.

　그러니까 광대한 영토를 가지고 세상의 온갖 부귀영화와 권력
을 누린 로마제국의 이면에는 이렇게 숨어 살아야만 했던 그리스
도교인들의 아픔과 고통이 함께 있었던 것이지요. 철저한 공동생
활을 했을 이곳은 집회장소와 저장고는 물론 가축우리, 부엌, 침

개미집처럼 땅속으로 뻗어
내려간 지하도시 데린쿠유.

터키

실, 포도주 만드는 곳, 우물, 환기구와 하수구까지 갖추고 있어 사람들이 꽤 오랜 기간 생활하였음을 알 수 있습니다.

지하도시에 대한 또다른 재미난 학설은 이곳이 역사가 1만년도 더 되는 인류 최초의 도시 형태였을지도 모른다는 것입니다. 지금까지 발견된 지상의 도시 중에서 최초로 만들어진 것이라 추정되는 것이 바로 터키에서 발굴된 '차탈회윅'이란 도시입니다. 그런데 이 도시는 형태가 무척 독특해서 집과 집들이 모두 하나같이 붙어 있습니다. 창문도 벽 옆이 아니라 모두 천장에 나 있어요.

인류의 도시문명에 대해 오랫동안 연구한 한 미국 학자에 의하면, 이곳 카파도키아의 지하도시가 인류 최초의 도시 형태일 것이라고 합니다. 간빙기 이후 사람들이 지상으로 나와 살면서 집을 짓기 시작했고, 그들은 지상에다 지하에서 살던 형태 그대로 지었기 때문에 집들이 모두 붙어 있을 수밖에 없다는 것입니다.

어느 먼 옛날 수많은 사람들의 치열한 삶의 현장이었을 이곳, 흰눈에 살포시 덮여 있는 이 카파도키아의 지하도시에, 오늘은 초라한 관광상품을 파는 상인들만 몇 안되는 관광객을 바라보며 쓸쓸하게 자리를 지키고 있습니다.

파묵칼레, 자연의 신비함

우리는 카파도키아에서 코니아를 거쳐 반나절을 버스로 달려 파묵칼레로 향했습니다. 밤 열시가 훨씬 넘은 시각. 버스는 우리를 버스정류장도 아닌 도로 한가운데에 내려놓더니 횡하

니 가버립니다. 이렇게 황당할 수가! 도대체 여기가 어디란 말인
가! 터키의 시골 쪽으로 왔더니 영어는 거의 통하지 않고, "파묵
칼레?"라고 묻자 뜬금없이 "데니즐리"라고 답합니다.

세상에, 어디라고? 데니즐리? 택시를 타고 30분 정도 더 들어가
야 파묵칼레가 나온다니! 여행을 하면서 산전수전 다 겪는다지
만, 가이드북에 속을 줄은 꿈에도 몰랐던 나. 가이드북에는 그 어
디에도 데니즐리에서 파묵칼레로 들어가야 한다는 말이 없습니
다. 결국 바가지를 왕창 쓰고는 택시를 타고 파묵칼레로 입성하
였지요.

하지만 고생을 하면서 온 보람은 있더군요. 파묵칼레는 터키의

자연이 얼마나 환상적이고 볼 만한가를 증명해주는 곳입니다. 거대한 석회석이 만든 산에 샘솟는 용천수는 하얀 석고와 푸른 물색깔의 환상적 조화를 자랑합니다. 신께서는 친절하게도, 이 물 위를 걷는 사람들이 다칠까봐 바닥에는 까칠까칠하고 울퉁불퉁하게 타일공사까지 해놓으셨으니, 보지 못한 자는 파묵칼레의 이 온천에 대해 말하지 못할지어다!

게다가 로마의 유적도 있습니다. 그 높은 산 위에다 경기장이며 건물이며 지어놓은 로마인의 건축기술은 정말 인정하지 않을 수 없는 부분이기도 합니다.

미인대회와 황금사과

아빠가 제게 퀴즈를 하나 냈습니다. '세계의 역사를 움직인 네 개의 사과가 무엇인고?' 하고 말입니다. 무엇일까요?

첫째는 이브의 사과요, 둘째는 그리스의 세 여신에게 던져진 황금사과이고, 셋째는 뉴턴에게 떨어진 만유인력의 사과, 넷째는 윌리엄 텔이 자신의 아들 머리 위에 놓고 화살을 겨눈 사과입니다.

이 가운데 제가 맞힌 것은 첫째와 셋째 사과였습니다. 이브의 사과는 낙원추방의 역사를, 뉴턴의 사과는 근대과학의 장을, 그리고 윌리엄 텔의 사과는 압제자에게 저항하여 민주주의를 성취한 역사적 사과입니다. 자, 그렇다면 그리스의 세 여신에게 어떤 사과가 떨어졌기에 세계의 역사가 바뀌었을까? 이 사과를 따라

호메로스의 『일리아드』 속으로 들어가보도록 할까요? 요약판
『일리아드』입니다.

　　신들의 잔치에 불화의 여신 에리스만이 초대받지 못하였다.
화가 난 그녀는 연회석에 황금사과 하나를 던지고는 사라졌다.
'가장 아름다운 여신에게'라고 씌어진 사과를 말이다. 이제부
터 이 사과를 차지하기 위한 헤라, 아테나, 아프로디테, 세 여신
의 싸움이 시작된다. 그녀들은 트로이의 왕자 파리스에게 심판
을 부탁하고, 서로 뇌물작전을 펼친다. 헤라는 그에게 권력과
부를, 아테나는 지혜를, 아프로디테는 가장 아름다운 여자를
아내로 주겠다고 한다. '아름다움'을 겨루는 이 세 여신의 싸움
의 심판을 맡은 파리스는 결국 '아름다움'에 넘어가고 만다. 그
는 아프로디테의 손을 들어준 것이다. 이로써 '미스 그리스'가

트로이전쟁의 원인이 된 여
신들의 미인대회.

된 아프로디테는 그 대가로 파리스에게 아름다운 여인 헬레나를 준다. 즉, 아프로디테는 파리스와 함께 스파르타의 왕비 헬레나를 단 열흘 만에 유혹하여 트로이로 데리고 간 것이다. 문제는 헬레나가 스파르타의 여인, 그것도 스파르타의 왕비라는 사실이었다. 가장 아름다운 여인이자 나라의 왕비를 빼앗긴 스파르타는 그의 형제국인 아테네와 함께 트로이를 공격하고 이로부터 10년에 걸친 장기전이 시작된다. 그리스군의 총대장은 아가멤논, 그리고 명장 아킬레스가 등장한다. 트로이군의 총대장은 헥토르. 패전을 거듭하던 그리스군은 꾀돌이 오디쎄우스의 아이디어로 커다란 목마를 만들어 항복의 표시인 척 트로이의 성벽 앞에 두고 철수한다. 물론 그 거대한 목마 속에는 그리스군이 들어가 있었다. 승리의 기쁨에 도취된 트로이군은 성 안으로 목마를 들여놓고 축제를 벌인다. 이때, 목마를 성 안으로 들여놓으면 트로이는 멸망할 것이라 예언한 자가 있으니 바로 라오콘이다. 그리스의 편인 바다의 신 포세이돈은 두 마리 뱀을 보내 라오콘과 그의 자식들을 죽이게 한다. 그의 고뇌를 표현한 조각품이 그 유명한 '라오콘'이다. 결국 그의 예언대로 목마는 트로이를 멸망으로 치닫게 한다. 모두가 술에 취했을 때, 이 목마에서 그리스군이 나와 10년 동안 이기지 못한 전쟁을 단 하룻밤 사이에 이겨버리고 만 것이다.

트로이는 어디 있는고 하면, 터키의 서북쪽 끝에 자리잡고 있습니다. 먼저 차나칼레란 도시로 가야 합니다. 거기서 자동차로

트로이의 목마를 경계한 예언자 라오콘. 바띠깐 박물관 소장.

30분 정도 들어가면 바다 가까이에 있는, 작지만 조용하고 아름
다운 곳, 그곳이 바로 트로이입니다.

트로이의 목마를 찾아

우리는 트로이를 좀더 자세히 보기 위해 가이드를 찾
았습니다. 아침 7시 30분에 만난 가이드는 할아버지였습니다. 그
가 영어로 하는 안내는 마치 호메로스의 시를 읊는 듯했는데, 좀
체 알아듣기 어려웠습니다. 그런데 이 할아버지의 말 중에서 귀
에 들어온 말은, "(트로이를 발굴한)
슐리만은 트로이를 파괴했다!" "호
메로스는 위대한 거짓말쟁이다!"라
는 것이었습니다. 그 이유요? 조금
만 기다리세요. 뒤에서 자세히 이야
기해드릴게요.

십년전쟁의 승패를 단 하룻
밤 사이에 가른 트로이목마.

이른 아침의 햇빛을 받아 반짝이
는 트로이목마 앞에서 우선 사진부
터 찍고 목마 위로 올라가보았습니
다. 바로 이 거대한 목마가 10년을
싸워도 못 이긴 전쟁을 단 하룻밤 사
이에 승리로 이끌어낸 그것인가요!
나무로 섬세하게 만든 솜씨도 솜씨
지만, 그 규모하며 너무도 정교한 모

양에 놀라지 않을 수 없어요. 지금 여러분들이 보시는 트로이목마는 물론 재현된 것입니다.

누가 저 안에 적이 숨어 있으리라 상상이나 했을까요! 오직 호메로스만이 가능할 뿐! 놓여진 사다리를 타고 목마 안으로 들어가니, 수십명은 족히 들어가고 남을 듯합니다. 목마의 구멍으로 고개를 내밀고 보니, 아래가 꽤 멀군요. 여기 숨어서 트로이군이 술에 취하기만을 기다리던 그리스군의 심정은 어땠을까요.

호메로스의 상상력이 유감없이 펼쳐지고 있는 이 흥미진진한 트로이전쟁은 하인리히 슐리만이라는 독일 상인의 '믿음' 하나로 상상이 아닌 현실이었음이 증명되었습니다. 물론 자금력이 뒷받침된 믿음이었겠지만 말이죠.

어릴 때부터 『일리아드』를 탐독한 그는 트로이전쟁이 실제 있

었던 일일 것이라 믿어왔습니다. 가난한 어린 시절을 딛고 상인으로 크게 성공한 슐리만은 오로지 책을 바탕으로 하여 지금의 트로이 지역을 발굴하기 시작합니다. 7년에 걸친 발굴작업 끝에 그는 어둠속에 묻혀 있던 트로이를 세상 밖으로 끌어내는 데 성공하고 맙니다.

그러나 역설적이게도, 슐리만은 트로이의 파괴자이기도 하지요. 고고학적 지식이 없었던 그는 아홉 개의 트로이 도시를 시대별로 차근차근 발굴한 것이 아니라, 겹으로 쌓여 있던 도시를 파괴하며 곧장 아래로 파고내려간 거죠.

지금도 계속해서 아홉 개의 도시에 대한 조사가 이루어지고 있는데, 슐리만이 너무 많이 파괴해놓아서 문제가 정말 많다고 하네요. 어찌 되었든, 그는 대단한 사람임에 틀림없습니다. 그의 철석같은 믿음이 아니었더라면, 트로이는 영원히 잊혀진 왕국으로 남았을 테니까요.

기록에 의하면, 고고학에 관심이 있던 사람, 없던 사람 할 것 없이 슐리만이 하나하나 발굴할 때마다 열광하였고, 거리는 온통 트로이와 슐리만 이야기로 가득했다고 합니다.

그는 또한 타고난 장사꾼이었습니다. 보물이 있을 거라 믿고 계속 발굴을 하던 끝에 금으로 만들어진 장신구와 항아리 등을 찾게 되죠. 그의 아내는 재빨리 머리를 써서, 일하는 사람들에게 돈을 주고 오늘은 자신의 생일이니까 이틀 동안 푹 쉬라며 모두 보내버렸답니다. 그러고는 둘이 보물을 챙겨서 독일로 돌아가버 립니다. 안타깝게도 2차대전의 패전국인 독일에는 거의 남아 있는 것이 없고, 현재 러시아에 유물 몇점이 보관되어 있다고 하네요. 뭐든지 지나친 욕심은 끝이 좋지 못한 법이죠.

위대한 거짓말쟁이 호메로스

그렇다면 트로이전쟁의 실제 원인은 무엇일까요? 사과? 아름다운 여인? 이것은 호메로스의 상상력에서 나온 것이고, 사실은 '돈'이었습니다. 바다와 두 강을 끼고 있는 트로이는 당시 그리스를 비롯한 모든 도시국가의 배가 지나는 항구였다고 해요. 더 높고 견고하게 성을 쌓고 지중해의 유력한 도시국가로 서기 위해서 트로이는 세금을 더욱 높게 올려 부를 축적해갔지요.

결국 이로 인해 그리스와 충돌하여 트로이전쟁이 일어나고 만 것입니다. 그러니까 아까 가이드 할아버지가 "호메로스는 위대한 거짓말쟁이다!"라고 한 것이죠. 호메로스의 상상력 속에서 헤엄치다가, 실제 현실을 보니 『일리아드』 속의 그 모든 영웅들이 한없이 작아집니다. 얼마나 김빠지는 현실입니까. 돈!

트로이의 발굴자이자 파괴자이기도 한 슐리만은 그의 별칭만큼 역설적이게도, 그가 그렇게 동경해 마지않아 탐독하던 『일리아드』의 트로이를 현실로 끌어내었지만 그 안의 인물을 책 속의 영웅으로 전락시켰습니다.

유적지의 이 거대한 트로이목마를 돌아내려가는 지금 이 안타

까운 마음은 이제는 흔적으로만 남은 트로이에 대한 미련 때문일
까요, 아니면 사라질 수밖에 없었던 트로이의 운명에 대한 아쉬
움 때문일까요.

호메로스의 영웅들이 그렇게 트로이목마를 뒤로 하고 하나 둘
서쪽하늘 아래로 사라져가고 있음을 느낍니다. 직접 현장에 와서
느끼고 본 현실의 트로이보다 호메로스의 『일리아드』를 흥미롭
게 읽으며 머릿속으로 상상해보던 트로이가 더욱 맘에 와닿는 건
저만의 감상이 아니겠죠.

터키를 떠나며

터키를 여행하며 느낀 것은, 우리가 배우고 아는 세계
사가 너무 서양중심적이라는 것이었습니다. 동양의 고대에서 매
우 중요한 부분이 빠져 있고(그 예가 히타이트, 중동의 고대) 서
로 영향을 주고받았던 이들의 역사에서 어느 한쪽만 크게 부각되
었다는 거죠.

로버트 램이 쓴 『서양 문화의 역사』(사군자 1996)를 보면, 군소문
명들로 히타이트, 미노아, 미케네, 페니키아와 리디아를 대등한
위치에 놓고 있습니다. 특히 히타이트는 당시 세계 최강 이집트
와 맞서 싸웠을 만큼 강력한 제국이요 대단히 중요한 문명인데도
불구하고, 우리의 교과서에는 미노아와 미케네가 엄청난 비중을
차지하는 데 비해, 그건 겨우 한두 줄 이름만 언급될 뿐입니다. 우
리는 서양중심적인 역사를 배우고 있는 것이지요.

　사실 고대 그리스의 철학 못지않게 동양의 철학정신 역시 다양하고 깊은데도 서양 주도의 역사에서 묻혀버리고 말았습니다. 동양의 기술과 학문, 그리고 예술도 마찬가지구요. 빛은 동방에서라고 했지만, 그 빛은 오랫동안 잃어버린 빛이었습니다.

　그 빛을 찾아 다영이는 눈덮인 터키를 헤매다녔습니다. 터키에서의 여행은 마치 숨겨놓은 보물을 하나하나 찾아가는 것만 같았습니다. 동방의 보물, 동방의 역사와 잃어버린 정체성이 이 나라 곳곳에 숨어 있으니까요. 여러분들도 이곳을 여행하신다면 꼭 보물찾기에 성공하세요.

이집트

영원한 파라오의 왕국

유고슬라비아
불가리아
마케도니아
알바
니아
그리스
흑 해
이스탄불
트로이
앙카라
터키
아테네
키프로스
레바논
지 중 해
다마스쿠
예루살렘
암만
이스
라엘
요르단
알렉산드리아
카이로
수에즈
기자
시나이
반도
리비아
이집트
나일강
록소르
홍 해
아스완
수단

강력한 파라오와 거대한 피라미드,
그리고 끝없이 펼쳐진 사막.
이집트하면 누구나 이런 것들을 떠올리죠.
인류 문명이 최초로 시작된 곳.
이집트는 무척 신비롭고 환상적인 나라입니다.
정복왕의 숨결이 살아 있는 도시 알렉산드리아나
이집트의 경주, 룩소르도 놓칠 수 없죠.
고대의 역사가 숨쉬는 현장에서
다소 복닥거리는 현대의 이집트를 구경하는 재미도
무엇에 비할 바 없이 쏠쏠하답니다.

안녕하세요 카이로

이집트에 대해 관심을 가졌던 것은, 중학교 때 읽은 다섯권짜리 역사소설 『람세스』 때문이지요. 그후로 간질간질한 호기심이 늘 저를 떠나지 않았어요. 살아있는 신으로서 온 천하를 지배했던 파라오. 그 파라오의 나라는 진짜 어떤 모습일까?

새벽 다섯시. 카이로에 도착해서 공항에서 15달러 주고 비자를 받은 후, 드디어 세관 검색대를 통과해 나왔습니다. 공항의 문을 여는 순간, 아이고, 저의 환상은 모두 사라져버렸어요.

"감샤르함니다." "꼬레안?"이라고 말하며 접근을 시작한 이집트 호객꾼들! 얼마나 끈질기게 달라붙는지, 결코 순탄한 일정이 되지는 않을 것이란 불길한 예감이 사정없이 뒤통수에 꽂히는군

요. 지금은 이른 새벽이라 버스가 없으니 택시를 타고 가라는 것
이죠. "사십 이집트파운드!" "노! 너무 비싸요!" 비싸다란 말과
함께 가격하락 시작! "이십 이집트파운드!" 말하자마자 반값으
로 떨어지다니. 이런 경우는 크게 두 가지를 의미하죠. 첫째, 바가
지 쓸 일이 많을 거라는 것. 둘째, 앞으로 이 나라 여행이 쉽지 않
을 거라는 것! 결국 종합하면? 정신 바짝 차려야 한다는 것이죠.

　저는 지금부터 저의 파라오를 찾으러, 새벽별과 달을 벗삼아 카
이로를 나섭니다. 며칠 전부터 익힌 아랍어 한마디를 중얼거리면
서 말입니다. "앗 쌀람 알레이쿰, 카이로(안녕하세요, 카이로)!"

피라미드로 가는 길

　지금으로부터 약 5천년 전의 세계, 인류 문명이 처음으
로 생성된 시대에 사람들의 삶은 어떠했을까요? 그 수수께끼 같
은 인류 최초의 문명을 기원전 3천년의 건축물 피라미드에서부
터 풀어나가보려 합니다.

　카이로에서 서쪽으로 13킬로미터 떨어진 곳에 세계적으로 유
명한 3대 피라미드가 있습니다. '기자의 피라미드'라 부르는 것
이죠. 그런데 웬 기자? 기자들이 많이 왔다갔기 때문에? 기자
(Giza)는 지역 이름입니다. 그렇다면 피라미드란 말은 무슨 뜻일
까요? 소설가 이문열 아저씨의 『이집트 문명탐험』(나남출판 1997)
에 여기에 대한 대답이 있습니다. 그리스인들이 이집트를 여행하
고 생전 처음 본 이 바윗덩이 모양이 자기네가 늘 먹는 과자처럼

생겼다고 해요. 그 과자 이름이 다름아닌 '피라미드'였구요.

설화석고로 만든 스핑크스와 람세스 2세의 거대한 석상이 있
는 멤피스, 이집트 최초의 피라미드인 조세르왕의 계단식 피라미
드가 있는 사카라 등 세 곳은 모두 한나절에 둘러볼 수 있습니다.
오후 내내 택시 대절하면 50파운드 정도입니다. 네 명이면, 일인
당 12파운드 정도이니 택시가 더 싼 거죠. 우리는 택시를 타고 이

세 곳을 둘러보았습니다.

그런데 여기서도 택시가 피라미드에 도착하여 문을 열기도 전에 호객꾼들이 눈빛을 번뜩이며 달려드는 것이 아닙니까. 낙타와 말 중에 하나를 선택하여 타라는 것이었죠. 얼마냐고 했더니 일인당 40파운드를 외칩니다. 입장료 20에 낙타가 20이라나요. 그게 비싼 건지 싼 건지 모르지만, 무조건 반을 깎아야 한다는 철칙에 따라 흥정을 했죠.

그냥 못 들은 체하고 딴전을 피우면 값은 자동으로 내려가게 마련이지요. 결국 우리의 목표가격 20파운드가 달성되었습니다! (그런데 입장료가 20파운드라면 낙타는 공짜?) 어쨌든 이 모랫길을 걸어갈 수도 없는 노릇이니 타고 가긴 가야겠지만, 말을 무서워하는 저로서는 선택의 여지 없이 낙타를 타야 했습니다.

자, 이제 제가 파헤친 '추적! 이집트 뒷골목'이 시작됩니다. 피라미드 주변엔 이른바 '낙타경찰'이 있는데, 이들이 바로 호객꾼들의 동업자이지 뭐예요. 호객꾼들이 돈을 주자 슬쩍 받아챙기는 게 아니겠어요. 다시 말해, 정문이 아닌 뒤쪽으로 들어가는 것을 눈감아주는 대신 입장료를 이들 낙타업자(?)에게 뇌물로 받는 거죠.

그럼 이제 세 개의 거대한 돌의 산, 기자의 피라미드를 둘러볼까요. 교과서에는 어떻게 나와 있을까요?

피라미드는 주로 왕권이 발달한 고왕국시대에 만들어졌으며, 대표적인 것이 쿠푸왕의 피라미드이다. 그리스 역사가인

헤로도토스의 계산에 따르면, 평균 2.5톤의 돌 230만개를 높이 146m로 쌓아 30년간 걸려서 만들었다고 한다.

2.5톤의 돌 230만개가 쌓인 거대한 건축물, 쿠푸왕의 피라미드! 잽싸게 트럭 기준으로 계산해보면, 4톤 트럭 126만대의 분량이 되네요.

영화 「미라」를 보셨나요? 여기에 등장하는 임호텝이 바로 이집 트 최초의 계단식 피라미드(기원전 2750년경)를 건축한 조세르왕의 재상입니다. 건축가이자 승려인데, 재상이면서 신으로 추앙되었다고 합니다. 임호텝은 건축의 신, 의술의 신으로 떠받들어지는 사람이죠. 그런데 영화에서는 파라오를 암살하고 왕비와 사랑에 빠지는 악한 역할로 그려지고 있습니다. 할리우드 사람들의 상상력이 훌륭하긴 하지만, 실제로 임호텝이 지하에서 이 사실을 알면 기분이 엄청 나쁘겠네요.

피라미드는 파라오의 만행?

피라미드는 누가 왜 세운 걸까요? 왕권 과시용일까요? 피라미드를 포악한 파라오의 만행의 흔적으로 보는 견해도 있습니다. 다음은 헤로도토스가 이집트를 여행하고 한 얘기입니다. 들어보세요.

쿠푸왕의 포악은 극에 달해서 자신의 재산을 모두 써버리고도 모자라 자신의 딸을 매춘굴에 보내 얼마간의 재물을 벌어오라고 명령하였다. 그녀는 아버지가 원하는 만큼 벌어왔다. 그러나 동시에 자신에 대한 기억을 후세에 남길 기념물 하나를 남기기로 결심하고, 그녀에게 오는 남자들에게 자신이 계획하고 있는 일을 위해 돌 하나씩을 선물로 달라고 청했다. 그 돌로 그녀는 거대한 피라미드 앞에 있는 세 개의 피라미드 중 중간의 것을 세웠고, 그것의 한 변의 길이는 150피트에 달한다. 이집트인들은 그 왕들에 대한 기억을 끔찍하게 여겨 그들의 이름조차 언급하지 않는다. (헤로도토스 『역사』, 133면)

세계사 교과서에도 이와 비슷하게 기술되어 있습니다.

　이집트의 왕인 파라오는 태양신의 아들로서 절대권을 가졌다. 그는 토지의 소유자로서 신관과 관료에게 토지를 지급하여 지배층을 형성하였다. 주민의 대부분은 부역과 공납을 바치고 대규모 토목공사에 동원되는 농민이었다.

　교과서의 이러한 설명은 대체로 헤로도토스의 기록을 따른 것입니다. 그렇다면 쿠푸왕이 그렇게 포악한 왕이었을까요? 과연 자기 딸을 매춘굴에 보냈을까요? 헤로도토스란 누구냐? 바로 '역사학의 아버지'라 불리는 그리스의 역사가죠. "이집트는 나일강의 선물"이란 유명한 말을 남긴 사람 말이죠.

　그런데 가만히 생각해보세요. 헤로도토스는 어느 시대 사람이냐? 기원전 5세기의 그리스 사람입니다. 기원전 450년경에 이집트를 여행한 것이니, 헤로도토스는 그때로부터 또 2천여년 전의 문명을 이집트에서 본 것이고 피라미드에 관한 기록도 그때 사람들의 말을 토대로 쓴 것입니다. 그러니 헤로도토스의 기록을 100퍼센트 믿을 수는 없죠.

　아마도 그때는 파라오들이 이미 신적인 존재도 아니었고 백성들을 진탕 고생만 시키는 지배자일 뿐이었겠죠. 통치자에 대한 원성이 이렇게 "딸까지 팔아서 피라미드를 지었다"라는 데까지 이르렀을 것입니다. 그럴 만도 한 것이 10만명의 인력이 20년간 만든 것이며, 인부를 강제동원하여 마치 노예처럼 채찍으로 부렸다고 하니 말이지요.

다시 피라미드는 누가 왜 만들었을까 하는 질문으로 돌아가겠습니다. 황당한 이론 중의 하나는, 외계인이 지었다는 설입니다. 피라미드 안에는 미라가 도굴되고 없는데, 외계인이 이를 가져갔다는 것이지요. 가장 설득력있는 이론은, 고용기회를 제공하기 위한 경제적 목적이 있었다는 것입니다.

제가 여행배낭에 넣고 다니며 읽은 책의 하나인 에드워드 번즈 외의 『서양 문명의 역사』도 이런 관점에서 피라미드를 설명하고 있거든요. 사회시간에 배웠듯이 1929년 미국의 경제공황 당시, 정부가 테네시 계곡에 공공근로사업장을 만들어 고용을 제공함으로써 실업문제를 해결하고 구매력을 창출하여 경기를 회복시킨 것과 같은 목적이었다는 것이죠.

나일강은 매년 7월부터 시작하여 11월까지 범람이 계속되었다고 합니다. 나일강이 범람한 기간에는 농사를 지을 수 없는데, 이 농한기 때 실업대책으로 피라미드를 구축했다는 것입니다. 그리고 당시 인부들은 헤로도토스의 얘기처럼 노예노동을 한 것이 아니라, 파라오를 칭송하고 노동의 즐거움을 노래했다는 것이죠. 이러한 사실은 채석장 인부와 현장근로자들의 낙서에서 발견되었다고 합니다.

그러나 조금 더 생각해보면, 우리나라 신라시대의 첨성대가 과연 별을 관측하기 위한 것이겠느냐? 제사지내던 제단이라고 보는 견해도 있잖아요? 그러니 이집트의 피라미드를 그렇게 거대하게 건축한 것은 왕권 과시나 경제적 목적도 있겠지만 어떤 종교적인 이유 때문일 것이라는 생각입니다. 이제 다영이의 종합적인 생각을 잠시 펼쳐볼까요?

이집트인의 내세관

파라오는 태양신의 아들로 여겨졌습니다. 이 세상을 떠나면 그가 본래 속했던 신의 세계로 다시 돌아가는 존재라고 사람들은 믿었어요. 그리고 피라미드는 파라오의 승천을 도와주는 기능을 하는 것이었습니다. 높고 클수록 신에게 좀더 쉽고 가까이 갈 수 있는 것이죠. 또한 사람들은 깊은 곳에 숨어 있으면 훨씬 안전할 것이란 믿음이 있었다고 합니다.

피라미드 내부를 주택처럼 꾸미고, 그곳에 식기·가구·옷 등과 죽은 사람의 일생을 그린 그림이나 초상화 등을 넣은 것은 그런 믿음 때문일 것입니다. 미라를 만든 것만 보아도, 이들의 내세관이 뚜렷해집니다. 교과서를 볼까요?

이집트인은 사후의 세계를 믿어 시체를 미라로 만들어 '사자의 서'와 함께 무덤 속에 묻었다. 거대한 피라미드는 파라오의 무덤이며, 그 규모가 큰 점으로 보아 왕권이 강력하였음을 알 수 있다.

'사자의 서'에 대한 설명은 이렇구요.

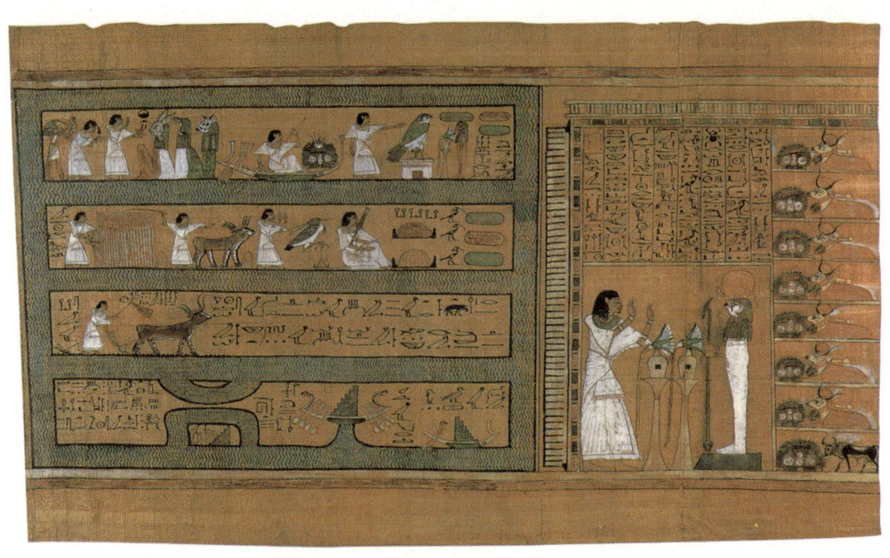

이집트인들은 사후세계에서 여러가지 사건에 부딪힌다고
믿었다. 이때 외우는 주문이나 신들에 대한 서약을 두루마리로
만들어 미라와 함께 묻었다.

그러니까 '사자의 서'란 죽은 파라오를 위한 일종의 주술문이
었던 것이지요. 분묘 벽화에는 파라오 생전의 업적 등을 그림으
로 그려놓았죠. 물론 좋은 것만 그려놓았겠죠. 미라를 만든 것은
육체의 부활을 믿었기 때문입니다. 죽으면 영혼은 일단 육체를
떠나지만 나중에 육체를 다시 필요로 한다는 믿음이 있었던 거
죠. 그래서 시체에 향유와 식물의 액즙을 바르고 천조각으로 둘
둘 말았습니다.

그런 다음 황금마스크를 씌우죠. 미라 옆에는 부활했을 때 맨

먼저 마실 물그릇을 준비해두었고, 투탕카멘의 무덤 속에는 365명의 여인들의 그림을 그렸는데, 부활하여 이 여인들의 시중을 받도록 하기 위한 것이었다고 해요. 그밖에도 심심하지 말라고 악기도 넣어두고, 또 저승에 갈 때 타고 갈 배도 만들어 무덤에 넣었던 것입니다. 참 친절하기도 하지……

미라의 슬픈 운명

세계적으로 유명한 카이로 박물관은 이집트 전역에서 가져온 파라오의 석상, 신상 그리고 미라들로 채워져 있습니다. 저는 람세스 2세의 미라가 있다는 말에 귀가 번쩍 뜨였답니다. 소설 『람세스』를 재미있게 읽었으니 당연한 일이겠죠. 이 미라를

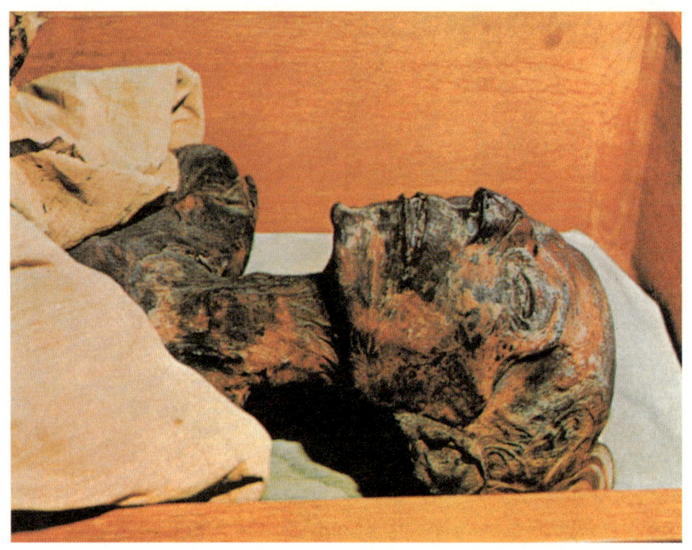

보기 위해 관광객들이 특별전시실 앞에 장사진을 이루고 있습니다(이를 보기 위해서는 박물관 내에서 상당히 비싼 입장료를 따로 내야 하지만요).

그러나 죽음 앞에서, 그 엄청난 세월 앞에서 파라오라고 다를 게 있을까요. 뼈만 앙상히 남은 람세스 2세를 보니 잠시 전의 기대와 설렘은 사라지고, 새삼 숙연하고 허무해집니다. 온 세상을 자기 무릎 아래로 내려다보며 호령했을 파라오가 박물관 전시실 한켠에 누워 많은 사람들의 구경거리 정도밖에 되지 않으니 말입니다.

이집트인들이 내세의 부활을 믿으며 정성을 다해 만들었던 미라는 그러나 나중에 큰 수난을 받습니다. 『물건의 세계사』란 책에 소개된 내용을 보면, 이집트 미라가 중세와 근대 초기에 걸쳐 약으로 애용되었다는 것입니다. 미라를 잘 갈아서 가루로 복용하면

씻은 듯이 병이 낳는다고 해서 이집트 미라가 수난을 당한 것이죠.

사실 미라는 장기보전을 위해 나일강 서안 나트론(나트륨의 어원이 됨) 호수의 물이나 천연 아스팔트 등을 방부제로 사용했는데, 그렇다면 정장제 정도의 효과는 있었을 거라는 추측이 가능합니다. 사람은 그저 몸에 좋다면 못 먹는 게 없으니……

파라오는 왕인 동시에 성직자였고, 또한 신이었습니다. 그리고 백성들은 신전을 짓듯, 신으로 돌아가는 파라오의 피라미드를 그렇게 거대하게 만들어 자신의 종교적 신앙을 발현했던 것입니다.

그러니까 다영이가 몇가지 자료를 살펴보고, 또 피라미드를 직접 본 후 얻은 결론은 무엇인고 하니, 포악한 파라오와 칭송받는 파라오가 둘 다 존재하였다는 것입니다. 헤로도토스가 이집트에서 듣고 기록한 것은 당시 포악한 파라오의 통치를 받던 백성들의 원한을 담은 목소리이고, 채석장에서 발굴된 삶의 즐거움이 담긴 글은 칭송받는 파라오 시대의 백성들의 목소리였을 것입니다. 우리에게도 성군과 폭군이 있었듯이 말입니다.

이집트의 호루스 신화

영혼불멸을 믿은 고대 이집트인의 생각은 신화에서 잘 나타납니다. 다신교의 나라 고대 이집트에는 어떤 신화가 존재할까요? 호루스 신화를 하나 소개할게요. 이집트인은 동물을 신성시했는데, 고양이 미라는 너무나 유명하죠. 심지어 풍뎅이조차도 신성시했습니다. 그리고 이들이 믿은 신도 동물의 모습을 했죠.

예를 들어 지하의 세계를 다스리는 아누비스 신은 자칼의 얼굴
을 하고 있습니다. 지혜의 신 토트는 따오기나 개코원숭이, 그리
고 지금 소개할 호루스는 매의 모습을 하고 있죠. 나일강 중류의
유명한 관광지 룩소르에서 묵은 호텔 이름이 호루스 호텔인데
호루스 신화를 읽고 이집트 여행을 왔기에, 그 호텔이 단박에 눈
에 들어왔습니다. 하여튼, 아버지 오시리스의 원수이자 자신의 숙
부인 세트와 싸워 승리한 호루스의 신화는 너무나 흥미롭습니다.

오시리스의 동생 세트는 형을 질투하여 형의 자리를 빼앗을 궁
리를 합니다. 무시무시한 음모를 꾸미는 거죠. 동생 세트는 잔치
를 열어 오시리스를 초대합니다. 고대 이집트에선 생전에 자신의

지칼의 얼굴을 한 아누비스
와 매의 얼굴을 한 호루스

무덤과 관을 만드는 것이 관례인데, 세트는 멋진 관을 내오게 하여 어느 손님이든 관이 맞는 이에게 준다고 제안합니다.

마지막으로 오시리스가 관에 들어가게 되는데, 오시리스가 관에서 나오기 전에 세트는 못질을 해버립니다. 그러곤 살려달라는 형을 나일강에 던지죠.

오시리스의 누이이자 부인인 이시스는 천신만고 끝에 남편의 관을 찾아 이집트로 돌아옵니다. 그러나 세트에게 발각되고 말죠. 세트는 오시리스의 몸을 찢어 이집트 전역에 버립니다. 이시스는 나일강 물고기가 먹은 한 조각만 빼고 모두 찾아 시신을 짜 맞춥니다. 그리고 붕대로 감아 수습합니다. 부활한 오시리스는 저승에 가서 왕이 되었죠.

이때부터 오시리스의 합법적 계승자 호루스와 세트의 치열한 투쟁이 전개되죠. 세트는 젊은 아가씨로 변장해 무화과나무 아래서 기다리는 이시스에게 반해버립니다. 가냘픈 여인은 세트를 보고 통곡하며 도움을 청합니다. 목자인 남편이 죽고 홀로 아들을 돌보던 중 한 사람이 나타나 아들을 몰아내고 강탈했다는 사연을 말하자, 세트는 여인의 억울함을 두둔합니다. 이때 이시스가 솔개로 변해 세트의 잘못을 꾸짖자 세트는 죄를 자백하고 잘못을 인정합니다.

하지만 태양신까지 자신을 멀리하고 호루스를 적자로 인정하려 하자 세트는 하마로 변신, 물속에서 싸워 이긴 자가 왕권을 갖자고 제안합니다. 다시 호루스와 세트의 격렬한 싸움이 나일강 속에서 벌어집니다.

190

이시스는 꾀를 내어 낚싯대를 강 속에 던지고 세트가 걸리기를 기다립니다. 그러나 걸린 것은 아들. 급히 바늘을 빼서 호루스를 강 속으로 던집니다. 다음엔 세트가 걸립니다. 하지만 친오빠이기도 한 세트의 간절한 애원에 그를 놓아주고 맙니다. 이 사실을 안 호루스는 화를 내며, 도망치는 어머니 이시스의 목을 칼로 내리칩니다.

이 악행을 본 신들은 세트를 시켜 호루스의 두 눈을 뽑아버리도록 명령합니다. 그 두 눈이 진흙 속에서 싹이 터 연꽃이 되죠. 연꽃은 오늘날 이집트의 국화이기도 합니다.

세트는 다시 돌로 만든 배를 강물에 띄워 승부를 겨루자고 제안합니다. 호루스가 만든 배는 나무의 겉만 돌로 위장해 강물에 떴으나, 세트의 배는 그대로 가라앉고 말죠. 세트는 하마로 변신해 호루스를 죽이려 하나, 신들의 만류로 죽이지 못합니다.

이 수십년에 걸친 싸움은 오시리스의 판결로 종지부를 찍는데, 호루스만이 자신의 대를 이을 수 있다고 천명하고 신들도 승인함으로써, 세트는 사막으로 영원히 추방되고 호루스가 왕위에 오릅니다. 매의 형상을 한 신이 바로 호루스인 것입니다.

조금 복잡하군요. 어때요, 재미있나요? 뭔가 좀 우리 정서에는 맞지 않지요? 자식이 부모를, 그리고 형제끼리 마구 죽이는 이야기가 '동방예의지국'에 사는 저나 여러분에게는 좀 거북한 것이겠죠.

유럽문명의 원류인 그리스신화에 영향을 미친 것이 이집트신화이고, 따라서 그리스신화도 동아시아의 평화로운 정신문화와는 달리 폭력적이라는 생각을 해보았어요. 유럽은 기원전 5세기 그리스의 황금시대에 이르러서야 '수치의 문화'가 열리게 됩니다. 그리고 예수의 탄생 이후 '죄의 문화'가 생겨 인간을 인간답게 만들어가게 되죠.

개혁의 파라오, 아크나톤

이처럼 여러 신을 숭상한 이집트에 일신교를 세우려한 파라오가 등장합니다. 아멘호테프 4세, 즉 아크나톤이 바로 그 파라오입니다. 기원전 1370년경에 아크나톤왕은 백성들에게 '존재하는 것은 단 하나의 신이다'라고 가르치며, 사원을 폐쇄하고 왕비와 함께 새 궁전으로 옮깁니다.

옛것을 폐기하고 새로운 이념에 열광하여, 궁전의 그림도 새로운 형식으로 그리게 하지요. 아크나톤이란 '아톤 신에게 유익한'이라는 뜻이라고 합니다. 아톤 신만을 유일신으로 인정한다는 의미에서 이름까지 바꾼 것이죠.

아크나톤은 유일신인 아톤 신만 남기고 신전의 잡신을 다 뭉개 버립니다. 수도를 옮긴 이유는 신관이 경제뿐만 아니라 정치적인 힘을 갖고 있었기 때문입니다. 특히 테베(룩소르)의 카르나크 신전 신관이 중심이었는데, 이들을 누르기 위해 신관들과 멀리 떨어진 곳에 수도를 정하고 종교개혁을 합니다.

그러나 아크나톤의 개혁은 실패하고 맙니다. 백성들에게 그의 종교개혁이 먹혀들지 않은 것이죠. 그가 죽은 뒤, 사람들은 옛 풍습과 예술로 돌아갑니다. 하지만 아주 허무한 것은 아니었어요.

그는 이집트에 새로운 예술양식을 탄
생시켰답니다.

　여기서 이집트 예술 얘기를 잠깐 해
야겠네요. 우리는 카이로 박물관에서
그리고 룩소르 등지에서 파라오와 신
들의 석상을 질리도록 많이 보았죠. 그
석상들은 하나같이 딱딱하고 일률적인
것들입니다. 이집트의 그림은 얼굴과
몸통이 따로 노는 부자연스런 그림들
이에요.

　그런데 아크나톤의 조각상을 보면 분
명 여타 파라오의 엄숙하고 거대한 모
습과는 다릅니다(아크나톤 석상은 빠
리 루브르 박물관에 있어요). 아주 괴팍
스럽게 생겼다고나 할까요. 그러니까

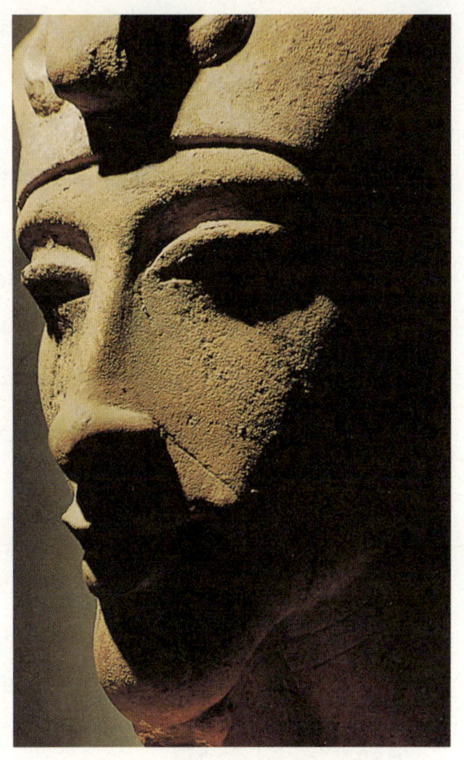

사실적으로 묘사된 아크나
톤 석상.

허세를 부리거나 꾸미지 않고 사실 그대로, 자연 그대로를 묘사
하는 예술개혁이 있었던 거죠.

　곰브리치의 『서양미술사』에 이에 대한 설명이 나옵니다. 아크
나톤 시대의 그림에서는 초기 파라오들의 엄숙하고 딱딱한 위엄
은 발견되지 않습니다. 그는 자기 무릎 위에 딸을 올려놓고 있거
나 아내와 함께 정원을 거닐거나, 지팡이에 기대 있는 자신의 모
습을 그리게 했다고 합니다. 몇몇 초상에는 그가 아주 못생긴 남
자로 그려져 있는데, 이는 있는 그대로 나타내려 한 아크나톤의

예술정신을 보여주는 것입니다. 못생겼어도 멋진 남자였군요.

왕비 네페르티티와 투탕카멘의 왕좌

그 유명한 곰브리치의 『서양미술사』에는 소개되지 않았지만, 여행객의 눈을 피해갈 수 없는 미술품이 하나 있습니다. 바로 네페르티티의 흉상입니다. 네페르티티란 누구냐? 아크나톤의 부인인데, 이집트인의 사랑을 받는 왕비입니다. 카이로에서 룩소르로 가기 위해 열차를 탔는데, 이 열차의 겉면에 네페르티티의 그림이 그려져 있지 않겠습니까. 우리 가족은 그 그림의 주인공을 람세스 2세의 왕비 네페르타리로 알았습니다.

그러나 소설 『람세스』 다섯 권을 독파한 이 다영이의 예리한 눈을 피해갈 수는 없었지요. 그 여인은 람세스 2세의 왕비 네페르타리가 아니라 아크나톤의 왕비 네페르티티였거든요.

이것은 엘아마르나에 있는 아케타톤의 작업장에서 발굴된 유명한 흉상인데, 이 역시 아크나톤 치세의 예술을 잘 보여줍니다. 이 흉상은 초기의 과장된 무표정과 비사실적인 표현을 거부하고 한층 사실적으로 묘사되었거든요. 다소 야릇하고 좀처럼 잊을 수 없는 여성다움을 보여주고 있는 이 네페르티티 흉상은 이집트 예술에서 가장 위대한 기념물의 하나가 되었습니다. 룩소르의 기념품가게

에는 네페르티티가 그려져 있는 목걸이 펜던트가 지천으로 널려
있습니다.

아크나톤의 개혁을 볼 수 있는 또 하나의 유명한 예술품이 있
습니다. 침침한 카이로 박물관을 훤하게 빛내주는 투탕카멘의 황
금가면! 그리고 황금가면 못지않게 아름다운 예술품인 투탕카멘
의 왕좌입니다. 소년왕이 사용하던 것답게 아주 조그마하더군요.
그 왕좌에는 투탕카멘과 왕비가 무척 자연스러운 동작으로 서로
를 바라보는 아름다운 그림이 새겨져 있습니다.

투탕카멘 왕비의 이름은 어떤 자료에도 나오지 않습니다. 그런
데 귀국 후 텔레비전에서 우연히 투탕카멘 왕묘를 발굴한 카터의
일대기를 보았는데, 이 소년왕의 옥좌의 투탕카멘 왕비가 '안케
센아멘'임을 알게 되었죠. 만약 제가 이집트 여행을 하지 않았다
면 왕비의 이름쯤은 무심히 듣고 넘어갔겠죠.

아까 아크나톤의 개혁은 실패했다고 했죠? 아크나톤의 뒤를
이은 파라오가 투탕카멘왕입니다. 그는 아크나톤의 아들이 아니
라 조카입니다. 13세의 소년 파라오 투탕카멘은 신관들에 둘러싸
여 아크나톤의 개혁을 원위치시킵니다.

투탕카멘이 유명해진 것은 왕가의 계곡에서 근래에 발견된 무
덤 자체의 완전성과 매장품 때문이죠. 그 매장품이 지금 카이로
고고학박물관 2층을 꽉 채우고 있습니다. 영국의 고고학자 하워
드 카터에 의해 1922년에 발굴된 것들이죠. (투탕카멘 애기는 룩
소르에 있는 왕가의 골짜기에서 다시 할게요.)

이집트의 선물, 나일강

다소 복잡한 도시 카이로에서 유일하게 숨통이 트이는 곳은 카이로 타워가 특색을 이룬 나일강 주변입니다. 총면적의 97퍼센트가 사막으로 이루어진 이집트에 나일강은 물을 제공하고, 정기적인 범람으로 사막의 땅에 비옥한 토지를 만들어냅니다. 교과서에는,

나일강의 범람 후 토지측량이나 토목공사를 위해 측량술이나 기하학이 발달하였다. 또한, 나일강의 범람을 예견하기 위해 태양력이 만들어졌고, 이에 따라 천문학도 발달하였으며, 미라를 만드는 데 필요한 의학도 발달하였다.

이집트의 생명선 나일강.

라고 기술되어 있습니다. 사막으로 둘러싸인 땅이 이토록 긴 강을 끼고 있다는 것은 신의 큰 배려와 축복이 아닐 수 없습니다.

4천년 전에 이집트인들이 부른 찬미가를 한번 들어보실까요? "오, 나일강이여, 그대를 찬미하노라. 그대는 땅으로부터 솟아나와 이집트에게 자양분을 주는도다. 농토에 물을 대고 모든 짐승들을 먹여살리는도다. 목마른 사막의 갈증을 축여주는도다. 보리이삭을 패게 하고 밀을 자라게 하는구나. 가득 찬 곡창문을 활짝 열어 가난한 자들에게 나누어주도다. 하프를 켜며 그대를 위한 찬미가를 부르노라."

현재 나일강은 카이로 시민들에게 멋진 경치와 휴식처를 제공하고 있습니다. 고대 이집트인들이 탔던 것과 같은 모양의 배가 나일강을 유유히 떠다닙니다. 나일강 주변은 녹색잎이 건강하게 뻗은 야자나무와 기름진 토양으로 풍요로움 그 자체입니다.

아침태양이 나일강 위로 붉게 떠오르는 광경은 이집트 여행에서 결코 놓칠 수 없는 아름다운 모습이죠. '이집트는 나일강의 선물'이라고 했는데, 저는 '나일강이야말로 지친 여행객에게 가장 큰 선물'이라 말하고 싶습니다.

파피루스와 상형문자

카이로의 나일강가에는 파피루스 박물관이 있습니다. 고대 이집트 최대의 업적이며 이들이 신성하게 여긴 글자인 상형문자를 기록하였던 파피루스를 찾아 우리는 나일강변을 헤매었습니다.

그런데 택시운전사도 이곳을 모르더군요. 아마도 관광객은 피라미드만 찾지 파피루스엔 별로 관심이 없나 봅니다. 몇번이나 묻고 물어서 택시기사가 파피루스 박물관을 찾아냈습니다. 나일강 위에 배를 띄워 이층으로 만든 곳이었습니다.

박물관에 근무하는 뚱뚱한 아줌마가 우리에게 파피루스 제조 과정을 설명해주었어요. 파피루스를 물에 3일 정도 담가두면 끊기지 않고, 글씨가 잘 먹는 상태가 됩니다. 이 상태에서 줄기를 가로세로로 교차시켜서 6일 정도 눌러두면 파피루스가 완성된다고 해요. 아득한 그 옛날 정성껏 파피루스를 만드는 이집트인들의 모습이 어른어른 그려지는군요.

파피루스, 여기에서 페이퍼(paper)란 말이 나왔는데, 기원전 3천년에 만들어진 최초의 종이이자 이집트인들이 인류문명에 기여한 대단한 공헌품이죠. 호메로스의 유명한 『일리아드』도 파피루스에 적혀 있으며, 헤로도토스의 『역사』도 이 파피루스에 씌어진 것입니다. 만져보니 생각보다 훨씬 부드럽고도 질깁니다.

파피루스 발명 전까지는, 점토판이나 돌멩이에 새겼기 때문에 글자가 유연하지 못했다죠. 그러니 역사상 최초의 종이 파피루스는 얼마나 위대한 이집트문명의 산물인가요!

이집트인들이 파피루스에 쓴 글자가 '상형문자'인데, 당시에 이를 기록하는 직업을 가진 사람은 존경의 대상이었다고 합니다. 18세기 이전에는 신전 돌기둥이나 무덤 벽화의 상형문자를 아무도 해독할 수 없었답니다. 이집트문명의 신비를 풀 수 없었죠. 그러다가 18세기 말에 프랑스 군대가 이집트 알렉산드리아 근처 로제타에서 비석 하나를 발견합니다. 바로 로제타석이죠.

여기에는 이집트 문자와 더불어 그리스어가 씌어 있었는데, 그리스어는 당시 사람들이 알던 글자이니, 상형문자 해석의 단서가 생긴 것입니다. 프랑스의 샹폴리옹이란 학자가 이 로제타석을 연구하여 상형문자를 해독해냈다고 해요. 아무튼 샹폴리옹의 상형문자 해독 이후 특히 프랑스에서 이집트학이 크게 발전했답니다.

이집트 문자는 상형문자니까 알파벳과는 무관하다고 생각하기 쉽습니다. 저도 그렇게 생각했지요. 교과서에는 기원전 1500년경에 페니키아인이 최초로 알파벳을 만들어 사용한 것으로 되어 있습니다. 그러나 로버트 램의 『서양 문화의 역사』에서는 알파벳의 원리는 이집트인이 발명한 것이고 페니키아

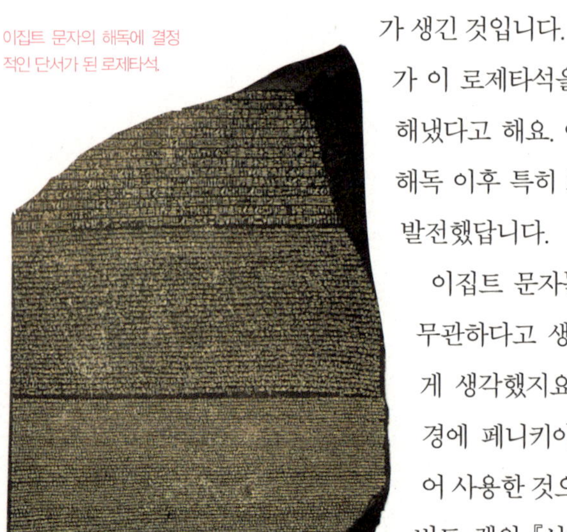

이집트 문자의 해독에 결정적인 단서가 된 로제타석.

인은 그보다 훨씬 후에 이를 전수받아 자신들의 문자체계로 세워 이웃나라에 전파했을 뿐이라고 합니다. 그러니까 알파벳의 발명 자는 이집트인으로 대접받아야 마땅하다는 것이죠. 구체적인 사실관계를 두고 논란의 여지가 있지만, 알파벳의 기원이 멀리는 이집트 문자에까지 거슬러올라간다는 사실은 일반적으로 인정 되고 있습니다.

멋진 도시 알렉산드리아

카이로에서 예정과는 다른 기차를 탔습니다. 기차시간을 잘못 알았던 거죠. 아침 9시에 룩소르로 가는 기차를 타기 위해 카이로의 중앙역인 람세스역에 갔는데, 글쎄 저녁 9시 출발이라는 거예요. 결국 우리는 원래 일정을 포기하고 행선지를 바꾸어 알렉산드리아로 가야 했습니다. 나는 분명 아침 9시라고 들었는데, 어제 호텔 프런트의 콧수염 사내가 제대로 확인도 안하고 말해준 모양입니다. 덕분에 가족들한테 엄청 미안하게 됐어요.

어쨌거나 알렉산드리아는 카이로와는 다르게 공기가 맑고, 햇살이 무척 눈부셨습니다. 푸른 하늘과 지중해의 짙은 보랏빛 바다가 하나되는 곳. 카이로에서 기차로 세 시간. 이집트의 최북단

에 자리잡고 있는 알렉산드리아는 이름만큼이나 멋지고 아름다
운 도시입니다. 거리를 다니는 사람들도 다들 순박해 보이고, 어
찌나 잘 웃어주는지 마치 오래된 친구를 만난 것만 같았답니다.

알렉산드로스 대왕 이야기

비오는 날, 혹시 물로 질퍽해진 거리를 걸어본 적이 있
겠지요? 저는 좀 별난 구석이 있는지라 비가 오면 일부러 물이 많
은 땅만 골라 다닙니다. 진흙 속에 발자국을 남기는 게 재밌기 때
문이죠. 시간이 지나면 발자국이 찍힌 진흙에도 물이 고이는데

알렉산드리아의 요새,
이집트

뒤돌아서서 하나하나 채워져가는 작은 발자국 웅덩이를 보면 얼마나 재밌는지 모릅니다. 어쨌든 이건 경험해보지 않은 사람은 절대로 모를 저만의 즐거움이에요. 이성적 인간을 호모 싸피엔스라 한다지요? 그런데 이렇게 흔적을 남길 줄 아는 인간형을 호모 베스티기움(Homo Vestigium)이라 한다는군요.

그런데 알렉산드로스(알렉산더) 대왕이야말로 흔적 남기기 종목에서는 타의 추종을 불허하는 사람이 아닐까요? 그가 정복한 곳에 자신의 이름을 딴 '알렉산드리아'란 도시를 무려 70여개나 세웠다고 하니, 이 사람이야말로 흔적 남기기의 대가가 아니고 무엇입니까!

아무튼 알렉산드로스 대왕은 무척 흥미로운 인물입니다. 아리스토텔레스는 그의 스승이었죠. 스승의 영향을 크게 받은 까닭에, 전쟁중에도 늘 책을 옆에 두고 탐독했다고 해요. 책을 좋아하는 사람이 어떻게 전쟁을 좋아하는지는 잘 모르겠지만요.

어쨌든 그의 정복욕을 말해주는 일화가 있습니다. 아버지 필리포스 2세가 그리스를 정복하자, '자기가 정복할 땅이 없어진다'며 울었다고 합니다. 뭐, 이런 애가 있나 싶죠? 교과서에 소개된 그의 제국은 다음과 같습니다.

마케도니아의 필리포스는 그리스 남부로 진출하여 테베와 아테네 동맹군을 케로네아전투(기원전 338)에서 격퇴하고 세력을 확장하던 중에 암살당하였다. 그를 이은 알렉산더 대왕(재위 기간 기원전 336~323)은 동방 원정길에 오른 지 불과 10년 만에 오리엔트 전역과 인더스강 유역까지 정복하여 유럽, 아시아, 아프리카에 걸친 대제국을 건설하였다.

그는 정복지에 그의 이름을 딴 도시들을 건설하고 그리스문화를 보급하는 한편, 그리스인의 이주정책, 피정복민과의 혼인정책, 페르시아인의 관습 수용 등을 통하여 동서문화의 융합을 꾀하다 요절하였다. 그의 사후, 제국은 이집트, 시리아, 마케도니아 등의 세 왕국으로 분열되고, 기원전 1세기에 로마에게 정복되었다.

스무살의 젊은 왕은 불과 10여년 만에 유럽, 아시아, 아프리카

알렉산드로스 대왕이 정복한 대제국.

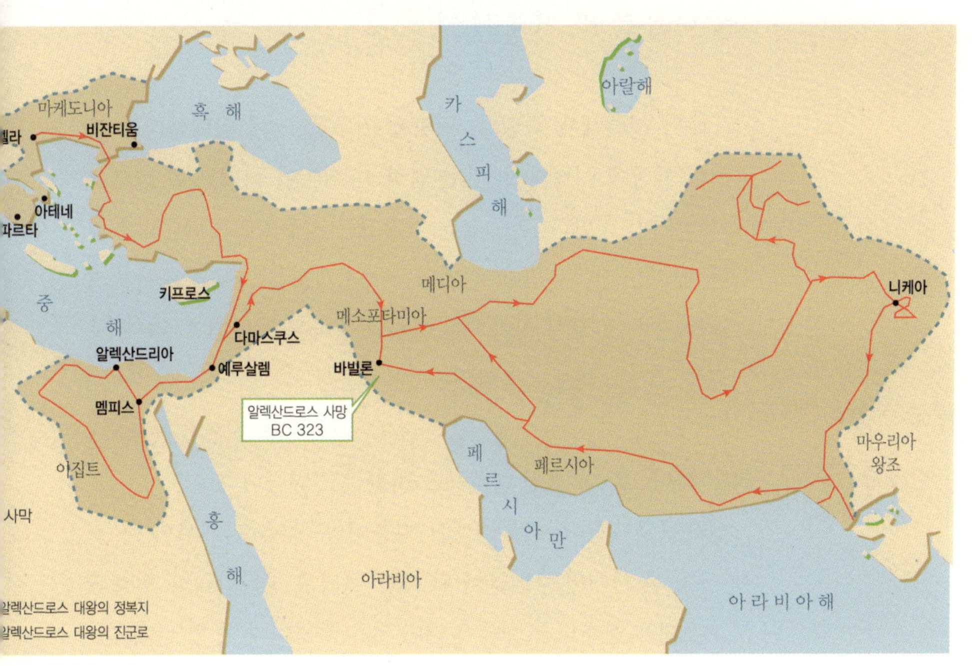

에 걸친 대제국을 건설하지요. 동쪽으로는 과거 페르시아의 영토
였던 이란, 이라크 그리고 중앙아시아를 포함하여 인도 서북부
인더스강까지 정복했다고 하니 지도상에서 표시되는 영역만 해
도 어마어마합니다. 이집트의 알렉산드리아는 그중 가장 큰 도시
라고 하네요. 이 알렉산드리아는 그리스문화 전파의 거점으로서
헬레니즘문화를 꽃피웠지요.

 **영웅의 야망과 진정한 정복**

그러면 후세 사가들은 그를 어떻게 평가할까요? 『세계
사 편력』을 쓴 인도의 네루는,

나이 서른셋에 죽었다. 무엇을 이룩했을까? 알렉산더는 자
신의 제국에 이렇다 할 만한 업적 — 심지어 제대로 된 도로조
차 남기지 않았다. 한줌의 기억말고는 아무것도 남긴 것이 없
다. 인도는 서북부의 작은 지역을 제외하고는 그에게 정복되지
않았으며, 그 당시 이미 대국이었던 중국은 말할 것도 없다. 중
국을 구경도 해보지 못하였다.

라고 하며 그의 허망한 영토욕을 비판하고 있습니다.

신화연구가인 조지프 캠벨은 영웅이란 "삶을 자기보다 큰 것
에 바쳐 한 시대의 주인공이 된 사람"이라고 정의합니다. 알렉산
드로스에게 영웅의 모습만 있었던 것은 아닙니다. 추위와 배고픔

같은 죽음의 고통을 인내하는 헤라클레스의 덕목과 주색(酒色)의 도취를 즐기는 디오니소스의 덕목이 공존했다고 합니다.

우리는 역사에서 위대한 정복자들을 많이 봅니다. 칭기즈칸, 진시황, 나뽈레옹…… 그러나 진정 정복되어야 할 것은 인간의 어리석은 마음이 아닐까요? 『세계사 편력』에서 네루는 영토정복의 무상함을 아소카왕의 예를 들어 가르쳐주고 있군요.

인도 마우리아왕조의 아소카왕은 정복전쟁에 나섭니다. 그러나 피비린내나는 전쟁을 경험하며, 전쟁과 학살 등 모든 행위를 혐오하게 됩니다. 정복을 단념한 거죠. 아소카왕은 승리를 거둔 뒤에 전쟁을 포기한 역사상 유일한 군주라고 합니다. 그는 이렇게 말했다죠. "참되고 유일한 정복이란 자아의 극복이며 다르마(의무, 진리, 법, 덕을 뜻함)로 인간의 마음을 정복하는 것이다."

알렉산드로스와 관련한 여러 일화 중에 "대왕이시여, 내게서 햇빛을 가리지 말아주소서"라고 했던 통 속의 철학자 디오게네스와의 대화는 너무나 유명하죠. 또 하나의 유명한 일화가 '고르돈의 매듭'입니다. 알렉산드로스는 소아시아를 정복하는 길에 고르돈이란 도시에 이르게 되었습니다. 이 도시의 신전에 낡은 마차가 하나 있었습니다. 수레 채찍이 가죽끈으로 고정되고, 여러 겹의 매듭으로 얽혀 있었죠. 이 꼬인 매듭을 푸는 자가 세계의 정복자가 된다는 예언이 전해오고 있었습니다. 자, 알렉산드로스는 어떻게 이 매듭을 풀었을까요?

간단하지요. 칼을 들어 중간을 내리치면 매듭은 풀리니까요. 알렉산드로스의 야망은 정말 대단합니다. "나는 칼로 세계를 정

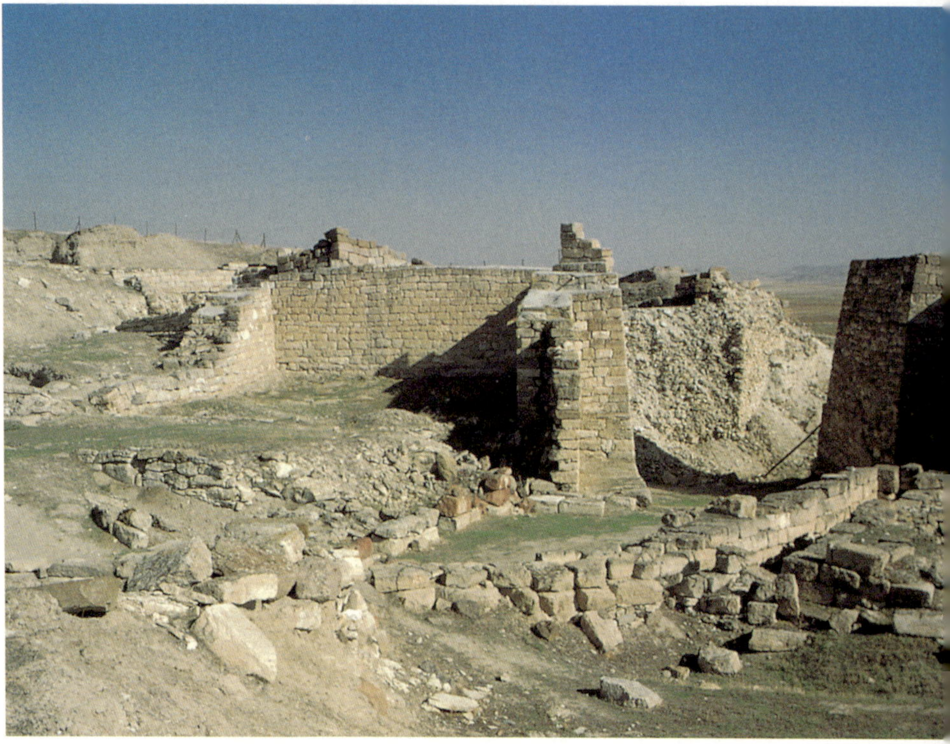

알렉산드로스 대왕이 매듭을 풀었다는 고르돈에 남아 있는 성벽.

복해서 예언을 이루겠노라!" 콜럼버스의 달걀과 비슷한 이 일화에서 '고르돈의 매듭'이란 말이 생겨난 것이지요.

알렉산드리아의 주인공은 알렉산드로스 이외에 또 있어요. 클레오파트라를 빼놓고 가면 그녀의 눈에서 눈물이 날걸요.

클레오파트라의 사랑과 비극

18세의 나이에 이집트 여왕의 자리에 오른 클레오파트

라는 과연 어떤 인물이었을까요? 우선 이런 추리가 가능하겠죠.

아프리카인은 피부가 검다.
클레오파트라는 아프리카 이집트의 여왕이다.
그러므로 클레오파트라는 피부가 검다.

멋진 삼단논법 추론이죠. 그러나 잘못된 논법입니다. 이집트는 지리적으로 아프리카에 위치하지만 백인계 코카소이드족이 사는 북아프리카의 이집트엔 흑인이 없다는 사실, 게다가 클레오파트라의 조상은 알렉산드로스와 같은 마케도니아인이라는 것, 그녀는 알렉산드로스의 부하 프톨레마이오스 1세의 후손이라는 것 등등을 이 논법은 무시하고 있는 거죠.

클레오파트라는 세계적 패션모델 나오미 캠벨 같은 새까만 피부의 미인이 아니라, 그리스 여인들처럼 서양미인이었답니다. 17세기 이딸리아의 화가 삐에뜨로 다 꼬르또나가 그린 그림에도 클레오파트라는 백색 미인으로 그려져 있습니다.

그런데 안타깝게도 알렉산드리아 그 어디에서도 그녀의 흔적은 찾을 길이 없었습니다. 시내 중심지에 있는 그레코로만 박물관에 그녀의 것으로 보인다는 두상 조각이 있기는 합니다만, 추측에 불과한 것입니다. 있다면 이집트의 싸구려 담배 '클레오파트라'에 남아 있지요.

도대체 그녀에 대한 기록은 어디로 간 것일까요? 당시 이집트는 프톨레마이오스 왕조 시대였습니다. 그리고 클레오파트라가

19세기 중반 셰익스피어 연극의 클레오파트라를 묘사한 동판화.

이집트 여왕으로 있었지만, 모든 실권은 로마에 있는 거나 마찬
가지였지요. 그녀는 자신의 힘을 더욱 굳건히하기 위해, 당시 로
마의 지도자 중 한 사람이자 시민들의 인기를 한 몸에 받던 카이
사르(씨저)를 그리고 그의 부하장교 안토니우스를 유혹하기 시작
하지요. 예쁜 여자를 당할 자는 세상에 없으니까요.

　로마의 지도자고 뭐고 안토니우스는 아예 이집트에 가서 살다
시피 합니다. 안토니우스는 예전에 중단했던 파르티아 원정을 다
시 시작하지만, 원정은 대실패로 끝나고 맙니다. 그래도 정신을
못 차린 안토니우스는 페니키아, 시리아, 키프로스 등 로마의 속
주들을 자기 멋대로 클레오파트라에게 선물로 주는 일종의 매국
행위를 저지릅니다.

　로마시민들은 안토니우스를 규탄하기 시작하고, 마침내 당시
세력이 강해지고 있던 옥타비아누스와 한바탕 전투가 벌어지게
되죠. 판도는 악티움 해전에서 갈립니다. 영화에서도 빠지지 않
는 장면이구요. 클레오파트라는 안토니우스와 연합하여 전투에
참가했지만, 안토니우스가 열세에 빠지자 배를 몰아 도망쳐버립
니다. 권력자들의 사랑이란 이런 것인가요.

　결국 안토니우스는 패하게 되는데, 도대체 알 수 없는 게 여자
의 마음이라 했습니다. 슬픔에 잠긴 클레오파트라는 지하 묘실에
들어가 나오지 않았지요. 시녀는 여왕이 돌아가셨다고 전했고 안
토니우스는 그녀를 따라 자살하고 맙니다. 클레오파트라도 슬퍼
하며 역시 자살하지요. 옥타비아누스에게 안토니우스 옆에 묻어
달라는 내용의 편지를 남긴 채 말이지요. 이 정도면 거의 로미오

와 줄리엣이네요.

분노한 옥타비아누스는 알렉산드리아를 파괴하고 그녀의 흔적을 모두 없애라고 명령합니다. 그래서 지금 알렉산드리아에는 싸구려 담뱃갑에 클레오파트라의 초라한 그림만이 명맥을 유지할 뿐입니다.

폼페이 기둥과 헬레니즘

알렉산드리아 시내에는 거대한 규모의 기둥 하나가 삐죽이 솟아 있는 유적지가 있습니다. 폼페이 기둥이라 불리는 것이죠. 그런데 이 기둥이 왜 폼페이 기둥이라 불리는지는 알려지지 않고 있습니다. 폼페이우스는 당시 로마의 지도자 중 하나였고, 알렉산드리아의 점령군 사령관으로 주둔해 있었습니다.

그런데 그의 정치적 라이벌 율리우스 카이사르가 이집트에 오자, 이집트 관리들은 폼페이우스의 목을 베어 카이사르에게 바쳤다고 합니다. 여기에서 "죽은 자는 말이 없다"란 표현이 생겼다나요. 권력은 그렇게 강한 사람 쪽으로 모든 것을 몰아주는 건가요.

어쨌거나 이 폼페이 기둥이 의미하는 바는 매우 큽니다. 높이가 약 27미터인 폼페이 기둥은 적색의 화강암으로 만들어졌는데 원래는 이런 기둥이 400개였다고 하니, 도무지 상상이 가질 않습니다. 400개나 되는 거대한 기둥들이 떠받치고 있던 것은 바로 로마시대 도서관이었다는 사실! 고대에 이 정도 규모의 도서관을 갖추었다는 것은 입이 딱 벌어질 만큼 놀라운 일이 아닐 수 없습

니다.

　알렉산드리아가 학문이 무척 번성했던 곳임은 두말하면 잔소
리죠! 알렉산드로스 대왕은 정복전쟁중에도 늘 호메로스의 작품
을 탐독할 정도로 글을 숭상했다고 하는데 그는 자신이 정복한
이 아름다운 도시를 학문의 중심지로 만들어놓은 것입니다.

　도서관엔 70만권의 장서가 있었다고 합니다. 생각해보세요. 지
금도 70만 장서의 도서관이면 대단한 건데…… 하지만 이 책들은
애석하게도 이집트와 로마가 싸우면서 일어난 화재로 몽땅 타버
리고 말았다는군요. 그러고 보면 우리 조상들은 정말 지혜로운
분들이었습니다. 4대 사고(史庫)라 하여 자료를 네 군데에 분산시

213

이집트

켜놓아 소실에 대비했으니까요.

폼페이 기둥이 있는 도서관 유적지에는 목욕탕까지 있습니다. 당시에는 도서관이 공공시설로서 시민들을 위한 종합적인 기능을 했음에 틀림없습니다.

로마는 알렉산드로스의 세계시민적 문화를 이어갔고, 이런 알렉산드로스제국의 문화를 헬레니즘문화라 부릅니다. 다시 교과서를 인용하겠습니다.

제국이 붕괴한 뒤에도 그리스문화의 전파 노력은 계속되어 오리엔트 지역에서 그리스문화를 바탕으로 민족을 초월한 세계적 문화가 탄생하였다. 이를 헬레니즘문화라 한다.

이에 그리스문화가 폴리스라는 좁은 울타리를 벗어나 새로운 문화로 발전하게 되었다. 헬레니즘문화의 또다른 특징은 실용적인 과학지식의 발달이다. 지구의 둘레를 계산한 에라스토스테네스, 지동설을 주장한 이리스타코스, 평면기하학, 수학과 물리학의 아르키메데스 등이 유명한 자연과학자이다.

일요일 거리의 풍경

알렉산드리아는 카이로와는 전혀 딴판인데, 도시도 서구적이고 사람들도 굉장히 개방적입니다. 거리까페에 앉아 느긋하게 물담배를 피우는 신사 한 분의 사진을 찍으려 하니까, 이 신사분이 꽤 멋쩍어합니다. 그러자 옆에 있던 아저씨가 우리에게 물담배를 피워보라고 권하며 포즈까지 취해주네요.

　오늘이 일요일인데, 히자브를 쓴 한 무리의 여학생들이 거리로 나옵니다. 일요일에 웬 학교? 아, 이곳이 이슬람국가였죠? 여기서는 금요일이 휴일이고 일요일은 정상적으로 학교 가는 날입니다. 학생들은 거의 예외없이 우리를 보면 '재패니스'(Japanese)라며 호기심 어린 눈빛을 보냅니다. 동양인이라면 다 일본인인 줄 알아서 기분이 좋진 않았지만요.

까페에 앉아 물담배를 즐기는 알렉산드리아의 시민

　알렉산드리아는 역사적인 도서관 기둥 하나와 현대의 거대한 도서관이 공존하는 기분좋은 도시입니다. 알렉산드리아를 떠나는 날, 우리는 기차역까지 걸어갔는데, 지도를 잘못 보았는지 아무리 가도 기차역이 나타나지 않는 겁니다. 이때 자가용을 운전하는 어떤 아저씨가 우리를 기차역까지 태워다주었죠. 한국에도 사업차 들른 적이 있다면서, (빈말이겠지만) 다음에 알렉산드리아에 오면 꼭 자기 집에 묵으라고 하는군요. 알렉산드리아는 친절한 사람들이 사는 곳임에 틀림없습니다. 이곳을 다시 찾을 날은 또 오겠죠?

이집트의 경주, 룩소르

카이로와 알렉산드리아에 이어지는 다음 목적지는 이집트의 하이라이트 룩소르. 자, 가자 룩소르로! 그런데 카이로를 거쳐 룩소르로 가야 했기 때문에 기차시간까지 카이로에서 네 시간 정도를 기다려야 했답니다.

어디서 남은 시간을 보내야 할지 막막했습니다. 문이 열려 있는 건물이 보이는데, Red Crescent Society란 글자가 눈에 띄네요. 무슨 뜻? 아, 짐작컨대 국제구호단체인 적십자사란 뜻입니다. 그럼 왜 붉은 십자가(Red Cross)가 아니라 붉은 초승달(Red Crescent)일까요? 다영이의 예민한 생각으로는 이집트가 이슬람 국가이기 때문일 것입니다.

적십자사의 상징인 십자가는 원래 창시자 뒤낭의 국가인 스위스의 국기에서 나온 것이지만, 십자가는 기독교의 상징이기도 하죠. 이슬람국가들로서는 조금 불편할 수밖에 없거든요. 그래서 1876년 터키가 붉은 십자가 대신 이슬람의 고유문양을 사용하겠다고 하고, 국제본부에서 이를 승인했다고 하네요. 우리가 쓰는 공식명칭은 적신월사(赤新月社)랍니다.

그런데 이분들이 어찌나 친절한지 차도 대접해주고, 청소년 스포츠클럽에서 탁구도 치게 해주었습니다. 덕분에 지루하지 않게 기다릴 수 있었습니다. 카이로에 다시 와서 좋은 인상을 가질 수 있어서 기뻤구요.

그럼, 룩소르는 어떤 도시일까요? 쉽게 말하자면, 우리나라의 경주 같은 도시입니다. 서울만 보고 한국을 봤다고 말할 수 없듯이, 카이로만 보고선 이집트를 보았노라 말할 수 없는 것 아니겠습니까? 벌써 기차시간이 다 되었군요. 우리는 룩소르로 갑니다!

국제 적십자사와 적신월사의 표장.

이집트 후손들의 조상활용 정신

룩소르는 예전에 테베라고 불리던 곳으로, 중왕국·신왕국 시대의 수도로서 번영을 구가하던 도시입니다. 도시는 나일강 동쪽과 서쪽으로 나뉘는데, 유적지 등의 볼거리는 대부분 서쪽 강변에 있습니다. 저와 함께 가실 곳은 나일강 동편에서 배를 타고 서쪽으로 건너가면 눈앞에 크게 펼쳐지는 계곡입니다.

바로 왕들의 계곡! 역대 이집트 왕들이 잠들어 있는 곳이지요. 세계적 관광명소인 이곳은 기원전 16세기 이집트 사람들의 삶과 죽음이 응축된 곳입니다. 그후 3100년이 지난 1800년대 후반부터 난데없이 작은 무덤과 집기들이 발견되기 시작했어요. 1921년 프랑스의 고고학자 베르나르 브뤼예르가 본격적인 발굴을 개시, 30년이나 지난 뒤인 1951년 지하 50미터에서 거대한 문서보관서를 발견합니다. 투트모세 1세가 피라미드를 도굴꾼들로부터 지키기 위해 왕의 석실(영혼의 거처)을 옮기기로 하면서 만들어진 무덤이죠.

　나일강을 건너, 왕가의 골짜기를 지키는 험상궂게 생긴 아가멤논 석상을 지나 힘들게 왕들의 계곡에 도착했습니다. 여기서도

투탕카멘의 무덤에서 쏟아져나온 부장품들.

저는 이집트인의 '조상활용 정신'을 볼 수 있었어요. 이곳에 잠들어 있는 왕만 해도 한둘이 아닌데, 얄밉게도 무덤마다 각각 입장료를 받기 때문에, 그저 관심있는 왕 무덤 한두 개 보고 내려오는 수밖에 없었습니다.

룩소르에서 발견된 역대 파라오의 무덤 중 가장 유명한 무덤은 역시 투탕카멘왕의 무덤이죠. 다른 무덤들은 금은보화를 노린 약탈꾼에 의해 다 도굴을 당했으나 비교적 규모가 작았던 투탕카멘 왕릉은 다행히도 도굴꾼 눈에 띄지 않았던 것이지요. 투탕카멘왕의 부장품 중에서 가장 유명한 것은 현재 이집트 카이로 고고학박물관에 보관되어 있는 투탕카멘 황금마스크입니다. 사진으로는 많이 보셨죠? 사실 사진과는 비교가 안될 정도로 색깔이나 크기가 굉장하답니다.

황금마스크 이외에도 투탕카멘 왕릉에서 발굴된 보물들은 헤아릴 수 없이 많습니다. 비교적 규모가 작은 왕릉에서 발굴된 보물이 이 정도이니 약탈당

투탕카멘 황금마스크

한 다른 왕릉의 보물들은 어느 정도란 말인가요.

파라오의 저주

1922년 10월 26일, 영국의 카나본 경과 고고학자 카터가 거의 완벽하게 보존된 왕묘를 발굴해내어 세상을 깜짝 놀라게 했습니다. 카나본 경은 발굴비용을 댄 사람이고, 카터가 발굴가죠. 카터는 이 왕가의 계곡에 있는 람세스 2세와 람세스 6세 무덤의 삼각지점 어디엔가 투탕카멘의 무덤이 있을 거라 믿고, 무려 6년간의 발굴작업에 몰두합니다.

그러다가 마침내 람세스 6세의 무덤 근처에서 사람들을 놀라게 한 발굴에 성공하는데, 바로 투탕카멘의 무덤입니다. 여기에서 그 휘황찬란한 황금가면과 왕좌 등이 나온 것이죠.

그런데 투탕카멘이 세상에 알려진 6주 후, 카나본 경이 사망하고 맙니다. 모기에 물려 죽은 것이죠. 투탕카멘의 얼굴에 난 상처와 같은 부위를 물렸다고 하네요. 사망 당시 카이로 시내의 전등들이 이유없이 꺼지고, 영국 카나본 경 집의 요크셔테리어 개가 갑자기 경련을 일으키며 죽었다고 합니다.

　언론은 이를 '파라오의 저주'라 하며 크게 보도했습니다. "죽은 자의 안녕을 방해하는 자는 저주를 받으리라"라는 글귀가 파라오의 무덤에 있었던 것이죠. 그후 관련자 30명이 자살하거나 살해되어 죽습니다. 과연 무시무시한 저주가 있었던 것일까요?

　사건의 내막은 어떠하냐? 제가 읽은 몇권의 책들을 종합해보면 이렇습니다. 당시 투탕카멘 왕묘의 발굴은 시사주간지 『타임』지가 독점보도하였습니다. 그러니 다른 언론사들은 맥놓고 있을 수밖에요. 그런데 카나본 경이 죽자, 이때다 하고 이를 '파라오의 저주'라 하여 마구 보도해버린 것입니다. 사실, 실제로 발굴을 한 카터는 죽기는커녕 오래오래 살았고, 또 투탕카멘 왕묘에는 "죽은 자의 안녕을 방해하는 자는 저주를 받으리라"가 아니라, "이 투탕카멘의 이름을 떨치게 하는 자는 축복을 받으리라"라고 씌어 있었던 것입니다. 이렇게 해서 파라오의 저주 사건은 한바탕의 해프닝으로 세월 속에 묻혀버리게 된 것입니다.

룩소르 신전의 오벨리스크

　나일강 서쪽이 죽은 자들의 장소라면, 나일강 동쪽은 산 자들의 장소입니다. 그러니 룩소르 신전도 나일강 동쪽에 있죠. 신전 왼쪽으로 스핑크스가 양쪽으로 늘어선 '스핑크스 참배길'이 보입니다. 그 스핑크스의 모습이 어찌나 늠름하고 장대하던지 괜히 숙연해지고 경건해지더군요. 그 옛날, 파라오들도 사

제들과 수천명의 신하를 거느리고 이 길을 걸어 신전 앞으로 올라갔겠지요.

참배길을 따라 쭉 걷다보면 가장 먼저 마주치게 되는 것이 높이 솟은 오벨리스크인데 신전에 들어가기도 전에 그 엄청난 크기에 압도당해버립니다. 기원전 1550년경에 축조된 오벨리스크는 화강암 덩어리 한 개로 만든 기념탑입니다. 맨 아래는 사각형인데 위로 올라갈수록 좁아져 맨 윗부분은 소형 피라미드 형태입니다. 기둥엔 상형문자가 새겨져 있구요. 오벨리스크는 그리스어로 '투창'이란 뜻이라고 하네요.

그런데 안타깝게도 이 오벨리스크는 이집트 본토보다 외국에

222

더 많이 가 있다고 해요. 지금 제가 보고 있는 이 룩소르 신전에도 원래 좌우로 두 개의 오벨리스크가 세워져 있었는데 지금은 하나밖에 남아 있지 않습니다.

없어진 한 개는 어디로 갔느냐? 빠리의 꽁꼬르드광장에 있다고 합니다. 1836년에 이집트가 빠리시민에게 선물한 것이라고 합니다. 그러나 정말 선물일까요? 빠리 루브르나 런던 대영박물관의 보물들이 어디 선물받은 것입니까? 하나같이 약탈해온 것들이지…… 1878년에는 영국도 '클레오파트라의 바늘'이라 부르는 오벨리스크를 템즈강변에 세웠습니다. 그리고 터키의 이스탄불에 있는 블루모스크 광장에도 이집트의 오벨리스크가 있더라구요.

우리나라의 승려 혜초가 쓴 『왕오천축국전』도 지금 빠리의 국립도서관에 보관되어 있지 않습니까. 우리의 소중한 문화유산을 빼앗긴 것은 약소국가가 겪어야만 하는 어쩔 수 없는 설움인가요, 아니면 자기 것을 제대로 지키지 못한 우리의 잘못인가요. 사라진 오벨리스크를 생각하는 이집트인들도 저와 비슷한 심정이겠죠.

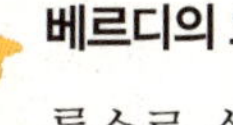

베르디의 오페라 「아이다」

룩소르 신전은 또다른 의미에서 하나의 명소입니다. 플라시도 도밍고가 이곳에서 오페라 「아이다」를 공연함으로써 세계사람들에게 더욱 널리 알려진 신전이거든요.

이 오페라는 거장 베르디의 작품인데, 당시 베르디는 작품활동을 끝내고 은퇴한 상태였다고 합니다. 어느 누가 작곡을 부탁해도 거절을 했죠. 그런데 이곳의 지방장관이 실제 역사의 한 스토리를 기초로 오페라의 내용을 구성하여, 베르디의 친한 친구를 통해 베르디에게 작곡을 부탁했다고 합니다. 베르디는 그 스토리에 감동하여 작곡을 하게 되는데, 그것이 바로 유명한 「아이다」입니다.

아이다는 본래 에티오피아의 공주였습니다. 전쟁포로로 이집트 공주 암네시스의 시녀가 되지요. 그녀가 공주라는 비밀은 아이다 본인과 파라오의 친위대장 라다메스만 알고 있는데 이들은

베르디 오페라 「아이다」 공연이 펼쳐지는 룩소르 신전

서로 은밀한 사랑을 나누는 연인이었어요.

이집트의 공주 암네시스는 라다메스에게 헌신적으로 구애를 하지만 라다메스의 아이다에 대한 사랑은 흔들리지 않습니다. 그러나 에티오피아 왕의 갑작스런 침략으로 둘 사이에는 불행의 그늘이 생기게 되고, 결국 그들은 전쟁으로 혼란을 겪게 됩니다.

그러다가 아이러니하게도 신탁을 받은 라다메스가 토벌군 사령관으로 임명되어 아이다의 아버지를 응징하러 갈 운명에 처하는데 여기서 아이다는 라다메스에게 "이기고 돌아오라"는 노래를 합니다.

이 복잡한 아이다의 심경을 묘사한 아리아는 무척이나 유명합니다. "내 입술로 이런 부정한 말을 꺼낼 수 있겠는가, 아버지를 쳐부수고 승리하라는 것을. 내 임의 승리를 바란다면 내 동포의 피가 흐르게 되고 포로로 끌려오는 아버지를 보지 않으면 안된다. 아버지를 위해 기도한다면 사랑하는 임을 죽이라고 저주하는 것이니, 어쩔 줄 모르는 심란한 이 마음에 눈물이 흐른다. 미치는 이 마음 이대로 얼어터져라. 하늘이시여, 불쌍히 여기소서." 뭐 이런 내용이라지요.

스토리가 어딘지 익숙하죠? 이집트판 호동왕자와 낙랑공주라고나 할까요. 철없는 소리 같지만 '나한테도 저런 사랑이 찾아올까' 하는 생각도 해봅니다. 그런데 아무리 생각해도 '아빠를 꺾고 돌아오라'고는 못할 것 같아요. 그런 경우라면 어떻게 해서든지 싸움을 말려야겠죠. 여러분은 어떠세요? 자기 일이라고 생각하면 머리가 지끈거리겠죠?

카르나크 신전의 별빛

람세스 2세가 극진히 모시던 아몬 신이 있는 나일강변의 카르나크 신전도 꼭 가볼 만한 곳입니다. 카르나크 신전에서 밤에 '빛과 소리의 공연'을 한다는 정보를 얻고, 별이 총총히 뜬 밤에 신전을 찾아갔습니다. 요일과 시간에 따라 각 나라 언어로 설명이 나오는데, 아시아 쪽의 언어는 일본어가 전부였습니다. 멋진 조명과 음악이 어우러진 카르나크 신전은 한마디로 판타스틱! 그 거대한 기둥 아래 서 있으니, 신 앞의 내가 이렇게 작을까라는 생각이 들었습니다.

지상의 모든 불빛이 꺼지고 별빛만 보이는 밤, 태고의 어두움과 정적이 감돕니다. 그 어둠속에서 서서히 드러나는 웅장한 신전의 모습! 태양의 신 아몬을 숭배했던 신전임을 증명이나 하듯 카르나크 신전은 어두운 하늘 아래, 찬란한 불빛을 시작으로 그 거대함과 신비로운 모습을 서서히 드러내기 시작합니다. 이집트의 신전이나 장제전(葬祭殿)치고 거대하고 웅장하지 않은 것이 없지만, 까만 밤 은은한 불빛 속에서 바라보는 신전은 전혀 색다른 느낌으로 다가옵니다. 더군다나 카르나크 신전은 이집트 최대 규모를 자랑하는 신전이 아니던가요!

넓은 신전의 내부는 소리와 빛으로 안내됩니다. 사방이 깜깜해지면 신전의 성벽에만 불이 들어옵니다. 그리고
카르나크 신전이 섬기는 태양신 아몬.

카르나크 신전의 웅장한 돌기둥들.

들려오는 신왕국시대 파라오의 목소리…… 또 한번 조명이 꺼지고 신전 벽을 따라 서서히 걸어가다 보면 다시 신전 앞의 파라오 석상에 불이 켜집니다. 그리고 또다시 들려오는 파라오와 아몬 신의 음성……

어두운 신전 위를 비추고 있는 밤하늘의 별들. 마치 신왕국시대로 돌아가 파라오가 된 듯한 착각 속에 빠지고 맙니다. 그리고 그 불빛 속에서 되살아나는 파라오 왕국의 신화를 보는 것 같습니다.

이제 모든 조명이 꺼지고 신성한 연못의 그림자도 보이지 않습니다. 카르나크 신전을 돌아서 나오는데, 다시 신전을 엄습한 그 깜깜한 어둠이 꼭 잃어버린 파라오의 위용과 권위인 것 같아 한참 동안 발길이 떨어지질 않았습니다.

마치 불이 켜짐과 동시에 고대 이집트 왕국의 파라오 신화가 시작되고 꺼짐과 동시에 그 모든 것이 한낱 동화 속 이야기로 사라지는 것처럼 말이지요. 역사란 그렇게 돌고 도는 것인데. 또 그렇다는 걸 지금까지 보고 느껴왔는데, 새삼 카르나크 신전과의 헤어짐이 안타깝게 느껴지는 것은 무엇 때문일까요.

빛은 동방에서

"빛은 동방에서!" 이는 로마인들이 한 말입니다. 이때의 빛은 그리스를 의미했습니다. 이 말을 그리스인에게 적용하면, 그 빛의 근원은 이집트일 것입니다. 피라미드를 세운 지 5천여년, 그리고 알렉산드로스가 동방의 빛을 찾아나선 지 2300여년이 흐른 오늘날, 이집트는 과연 무엇입니까?

그 찬란한 최고의 문명국은 그후 한번도 역사의 전면에 나서보지 못하고, 페르시아·마케도니아·로마·오스만투르크·영국 등의 지배 속에서 희미한 빛을 유지해왔을 뿐입니다. 1950년대 나쎄르의 등장으로 한때 아랍의 맹주로서 만형 노릇을 하기도 했지만요.

오늘날 이집트는 여전히 무질서와 공해에 시달리고, 서민층은 조상들의 피와 땀이 범벅된 유적지 주변에서 호객꾼으로 살아갑니다. 승용차의 유리를 닦아주며 돈을 구걸하는 어린아이들, 시킨 적도 없는데 길 가다 쫓아와서는 짐을 들어주고 팁을 요구하는 사람들. 카이로에서는 호텔에서 나가기가 싫을 정도로 사람들에게 시달려야 했지요. 도대체 왜 그런 것일까.

카이로 공항 대합실을 나서면서부터 눈앞에 펼쳐지는 정돈되지 못한 도시환경과 이집트 사람들의 가난한 모습에 대한 의문의 대답은 피라미드와 거대한 신전에서 얻을 수 있었습니다. 이집트는 백성들에게 무엇을 정신적 유산으로 남겨줄 것인가는 생각하지 않고 단지 그것을 조형문화를 만들어내는 도구로만 이용한 것은 아닐까요?

정신적 문화가 없으면, 아무리 뛰어난 유형적 문화가 있어도 쉽게 무너지고 맙니다. 이집트는 파라오의 나라였지, 백성 모두의 나라는 아니었을 지도 모릅니다. 이게 다영이의 생각입니다.

자 이제 기원전 12세기, 모세가 유대백성을 이끌고 출애굽을 했듯 저도 신판 출애굽을 시도해야 할 듯합니다. 진한 아쉬움이 남지만 여행의 종착지에 이르렀으니 어쩔 수 없죠. 그러나 다영이가 떠나도 5천년 전, 피라미드와 나일강변에 떠올랐던 그 태양만은 내일도 여전히 떠오르겠죠.

안녕, 안녕 이집트!

  음력 7월 7일, 견우와 직녀가 만나는 날에 태어나서 그런지 저
는 눈물이 많아요. 어릴 때는 언니랑 싸우면 꼭 혼자 울었고, 황당
하지만 한밤에 혼자 책을 읽다가 슬퍼서 엉엉 운 적도 있고, 학교
에서 공부하다 까닭없이 눈물이 핑 돌 때도 종종 있죠.

  여행중에 들른 팔레스타인에서의 경험은 저의 아침을 신문의
국제면으로 시작하게 만들었어요. 저는 일년이 지난 오늘까지도
이들의 소식에 분노하기도 하고 안타까움에 울먹이기도 합니다.
많은 분들이 단지 여고생의 감수성만 가지고 핍박받는 이들이 불
쌍해서 팔레스타인을 옹호하고 미국과 이스라엘을 비판해서는
안된다는 걱정어린 시선을 보내주셨어요.

  그러나 저는 결코 약소국에 대한 동정심과 의협심에서 분노했
던 것이 아니었어요. 국제사회를 지배하는 강대국의 논리에, 최

소한의 명분도 없이 이해득실을 따지기 바쁜 그들의 행동이 조금씩 눈에 들어오기 시작한 거죠. 여행을 하면서 제가 알던 세상이 전부가 아니고 제가 알던 사실이 꼭 진실이 아니었음을 알게 된 거죠. 그것은 여행의 경험이 제게 준 선물입니다. 저는 많은 젊은 이들이 신문을 보며 뉴스를 들으며 분개하고 안타까워하길 진심으로 바랍니다.

얼마전 수업시간에 '여중생 사망사건, 미군 무죄판결'에 대한 시사다큐 녹화본을 보았어요. 아직 잠도 채 깨지 않은 0교시. 그러나 우리반 친구들은 화면을 보는 내내 울먹였고, 쉬는 시간에도 이야기는 그칠 줄 몰랐지요. 우리 또래에게는 동경의 대상인 미국을 비로소 주체적이고 비판적 시각으로 바라본 첫 계기라 해도 과언이 아닐 거예요. 이에 대한 관심을 반영하기라도 하듯, 학교축제에서 여러 동아리가 여중생 사망사건을 주제로 공연과 전시를 했구요. 여기서 그치지 않고, 희망의 촛불을 들고 시위에 참여하는 모습은 그 어떤 소설이나 영화보다도 감동적이었답니다. 이렇게 분노하고 행동하는 친구들과 시민을 보며 우리나라의 미래는 밝다고 믿어 의심치 않아요.

자, 여행은 끝났지만 모든 것은 이제 시작입니다. 여행을 통한 경험은 앞으로 펼쳐질 제 삶의 지표가 되고 버팀목이 되어주겠죠. 본격적으로 시작될 제 삶의 여행은, 이러한 값진 경험과 저를 믿어주는 사람들이 있기에 두렵지 않습니다. 저의 영원한 후원자

아빠와 존경하는 엄마, 그리고 꿈이 있어 아름다운 우리 언니, 사랑하는 우리 가족들에 감사의 말씀을 전하고 싶어요. 또한 고마운 친구들과 보스턴팀, 그리고 소중한 사람에게 이 책을 드리고 싶어요.

사실 세상에 제 이름 석 자를 책과 함께 내놓는 것이 무척 부끄럽고 부담스럽답니다. 저는 오늘도 머리를 뜯으며 수학문제를 째려보는 평범하고 많이 부족한 여고생일 뿐이니까요. 이것이 진짜 제 모습이죠. 문제투성이의 글이지만 이것을 시작으로 깊은 지식과 많은 경험을 쌓으며 모자란 부분을 하나하나 채워가도록 노력하겠습니다. 보잘것없는 고등학생의 글을 눈여겨보고 책을 만들어주신 창작과비평사의 여러분들께 진심으로 감사드립니다.

2003년 1월
강릉에서 정다영

에른스트 곰브리치 『**서양미술사**』, 백승길 외 옮김, 예경 1999

에른스트 곰브리치 『**곰브리치 세계사**』, 이내금 옮김, 자작나무 1997

권삼윤 『**이슬람의 힘**』, 동아일보사 2001

김동문 『**이슬람의 두 얼굴**』, 예영커뮤니케이션 2001

김석철 『**김석철의 세계건축기행**』, 창작과비평사 1997

네루 『**세계사 편력**』, 최충식·남궁원 편역, 일빛 1997

노엄 촘스키 『**숙명의 트라이앵글**』 1·2, 유달승 옮김, 이후 2001

로버트 램 『**서양 문화의 역사**』, 이희재 옮김, 사군자 1996

세계사신문편찬위원회 『**세계사신문**』 1~3, 사계절 1998, 1999

에드워드 번즈 외 『**서양 문명의 역사**』, 박상익·손세호 옮김, 소나무 1996

유시민 『**거꾸로 읽는 세계사**』, 푸른나무 2000

이문열 『**이집트 문명탐험**』, 나남 1997

이희수·이원삼 외 『**이슬람**』, 청아 2001

정수일 『**이슬람 문명**』, 창작과비평사 2002

찌바현 역사교육자협의회 세계사부 『**물건의 세계사**』, 김은주 옮김, 가람기획 2002

함승모 『**시간의 끝에서 나일의 새벽은 시작되고**』, 책세상 2000

헤로도토스 『**역사**』 상·하, 박광순 옮김, 범우사 1995, 1996

헤로도토스 『**이집트기행**』, 박성식 옮김, 출판시대 1998

호메로스 『**일리아드**』, 김병철 옮김, 혜원출판 1992

다영이의 이슬람 여행
세계사에서 숨은그림 찾기

초판 1쇄 발행 • 2003년 1월 25일
초판 41쇄 발행 • 2022년 6월 15일

지은이 • 정다영
펴낸이 • 강일우
편집 • 염종선 김종곤 서정은 김경태 이명애
표지 및 본문 디자인 • 정효진
펴낸곳 • (주)창비
등록 • 1986년 8월 5일 제85호
주소 • 10881 경기도 파주시 회동길 184
전화 • 031-955-3333
팩시밀리 • 영업 031-955-3399 편집 031-955-3400
홈페이지 • www.changbi.com
전자우편 • ya@changbi.com